# 聖女伝説

多和田葉子

筑摩書房

目　次

# 聖女伝説

クリスマスが近づくと、暖房で乾き切った空気に、砂糖の焦げるような匂いが混ざっています。気分が左右に傾き、心臓が重くなって、まぶたが半分くらいしか開けられなくなってきます。クリスマスには、普段あまりはっきり現れないいかがわしい風習が、目に見えてきます。それに目を据えて見つめてもいいのか、いけないのか、迷います。悪いものを見ると、それが目という出入口を通して、自分の中に入ってきてしまいます。目は出入口だというのは間違いで、目は単なる入口で、何も外へ出すことができません。だから、視覚の便秘とも言うべき状態が永続しているのです。

子供の頃、クリスマスにわたしの目を特に苦しめたのが、男たちの樹木への執着です。例えば、わたしの父は十二月にはモミの木を買ってきて、それを居間の真ん中に立てて、じっと眺めていました。どういうわけか父は、デパートにあるクリスマスツリーのように、そこに色とりどりのプラスチックのトナカイや星を下げることはせずに、ただ裸のままの木を眺めていました。生まれたばかりの子供でも眺めるように。つまり、その木はわたしの弟ということになるのです。

クリスマスが近づくと、モミの木に限らず、男たちは冬の木に執着し始めるようです。これは獣姦を通り越して、樹姦の域に達します。これは、動物と交わるのではなく、樹木と交わることです。十二月に入ると、街角で葉を落とした裸の木に抱きついて、目を閉じてうっとりしている男をよく見かけます。男は樹木に身体を押しつけて、いつまでもそうして立っています。やがてその男の背骨に、電流のように震えが走り始めます。その震えはどんどん激しくなって、男は、まるで暴れ馬からふるい落とされそうになる騎手のように、太い幹に夢中でしがみつきます。幹に押しつけた頬はざらざらした樹皮に擦られて、血がにじみ始めます。男はそれでも手を離そうとはしません。

そんな光景を眺めているうちに、わたしは口の中に腫れ物があることに気がつきました。それが邪魔になって声が出ません。舌の先で触っているうちに、ぷちんとつぶれて、精液の味がしました。これはどうしたことでしょう。その時、いつかある本で読んだ一節が思い浮かびました。〈心を悩ませることなく飲み込むがよい。その化膿は精霊によるものである。おまえは女の子を生むであろう。その名をハレと名付けなさい。その子は、おのれの民をそのもろもろの罪から救う者となるからである。〉わたしは、その膿を我慢して飲みました。すると、その味が、樹脂というのはこういう味がするのではないかと思えるような味に変化しました。その味は、わたしにどういうわけか、鷺谷という男のことを思い出させるのでした。

クリスマスと言えば、保険会社に勤める鷺谷という男が、わたしたちの家に必ず遊びに来たものです。そういう真面目な会社に勤める、誰にも文句を言われる理由のない男に、何か怪しい、いかがわしいものを感じることができるのは、クリスマス前夜の子供たちだけです。鷺谷は普通の日にも時々遊びにきたのですが、わたしにとっては、鷺谷とクリスマスは切り離せない関係にありました。

わたしは当時、九歳になったばかりでした。わたしの母は日曜になると必ずカソリック教会に通うような信心深いキリスト教徒で、今の父ともミサで知り合ったそうですが、父はもう教会へは行きません。時々ひとりで聖書を音読していることがありました。

鷺谷は友達ということになっていましたが、誰の友達なのか分かりません。鷺谷は父と顔が似ていました。血がつながっていたのかもしれません。血がつながるというのは、何と恐ろしい表現の仕方でしょうか。わたしはその表現の仕方を書物の中で学んだのだと思います。つながるために、血はやはり一度は外部に流れなければいけないに違いありません。〈おまえたちは預言者に血を流させた者たちの子孫である。おまえたちは祖先がした悪の升目を満たすがよい。こうしておまえたちのせいで流された血の報いは今と呼ばれる時代に及ぶであろう。殺された者の血は混ざり合って流れるだろう。〉

鶯谷は、わたしの目には、善良で影の薄い父とは逆に、意地の悪い男であるように見えました。両者は顔は似ていても、感じがまるで正反対だったのです。鶯谷は黒い縁の眼鏡をかけていましたが、視力が左右でいちじるしく違っていたらしく、右目のレンズは渦を巻き、左目のレンズは奥に引っ込んでいるように見えました。また、髪の毛を黒く染めているのですが、その黒い色があまりにも密度の濃い黒なので、厚かましい感じがしました。汗をかいているわけでもないのに、その髪の毛はぴったりと額にくっついていました。頭蓋骨が前後に長い男でした。唇はちょっと前に突き出ていました。

〈鶯谷のウグイスって、鳥の一種かしら。〉とわたしは母に尋ねたことがあります。

〈鳥に決まっているでしょう。おまえ、鶯を知らないの？　情けないね。〉
と母は驚きました。
それから数か月してから、わたしが鶯谷本人に向かって、
〈ウグイスって、鳥の名前よね。〉
と言うと、鶯谷は、喉のあたりで奇妙な笑い声を作って、
〈馬鹿だね、このお嬢さんは。本当に世間知らずのお馬鹿さんだね。ウグイスは、イスの一種だよ。アグイス、イグイス、ウグイス、エグイス、オグイス。〉
と言って、また喉のところで笑いました。わたしたちは、その時、ふたりきりで台所に立っていました。まわりに人はいませんでした。しばらくして母が入ってくると、鶯谷は平気な顔をして、母と話を始めました。最近、町の音楽ホールに入ったパイプオルガンの話でした。わたしは、そんな鶯谷を恐ろしくも、気味悪くも思っていましたが、彼がいなければ困るということも、子供ながらに分かっていました。たとえば、鶯谷は音の出る物ならば何でも修理することができ、一年に一度は故障する掃除機も、電気オルガンも、タイプライターも、鶯谷が来て修理してくれるのでした。わたしは、掃除機はうるさくて嫌いだったので、壊れ

るとひそかに喜びました。これでしばらくはあの嫌な吸引音を聞かないですむのだと思うのでした。鶯谷が来て掃除機をねじまわしやペンチで解体してしまうのを見ると、これまた、わたしは喜びました。ああいう金属製の道具で手荒に扱われ、鶯谷のぬるぬるした手で触られて、掃除機はさぞかし不愉快だろう、いい気味だと思うのでした。結果的に掃除機が健康を回復して、声を出すことができるようになると、わたしはひそかに、また壊れればいいのにと思いました。

ある時、わたしは鶯谷が本当はどのようにして掃除機の健康を回復させるのかをのぞき見しようとし、見るつもりのなかったものまで見てしまいました。鶯谷は、確かに工具を両手に持っていましたが、それを実際に使っていたわけではなく、ただ空中で蟹のハサミのように動かしているだけでした。鶯谷の口はもぐもぐと動いていました。声は出てきません。それでも部屋には声が聞こえていました。〈なぜ、人間の住居にある塵を見ながら、自分の腹にある塵を認めないのか。自分の腹にある塵は見ないでいて、どうして人間に向かって、人間よ、あなたの住居にある塵を取らせてください、と言えようか。偽善者よ、まず自分の腹から塵を取り退けるがよい。〉わたしは鶯谷の背後に立って、その声を聞いていましたが、聞いているうちに恐ろしくなりました。誰が話しているのか分からなかったので、恐ろしかったのです。逃げ出そうとしても、腿の筋肉が硬直して動けませんでした。その時、掃除機が吸い取り口から、しゅっと空気を吐き出しました。埃が舞い上がり、わたしは咳き込み、鷲谷がその声に驚いて、振り返りました。

〈そこで何をしている、お馬鹿さん。頭の悪い子供は盗み見が得意だ。〉

鷲谷はそう言うと、わたしに飛びかかってきました。わたしの両手の手首を捕まえて、自分を軸にして、わたしの身体を空中でくるくるとまわし始めました。足が床から離れました。そのうちに鷲谷は、まわすのをやめて、くしゃみを一度しました。それから、わたしをその場で独楽のようにまわし始めました。わたしは、くるくるまわりました。レコード盤のように。焼き物の壺になる前の土の塊がロクロの上でまわされるように。いいえ、焼物の壺ではありません。こけしです。わたしは、こけしのようにまわされました。焼物の壺の方がどれほどよかったかしれません。わたしは樹木の一片がまわされて削られて、こけしになっていくところを想像したのでした。頭が大きく、身体がすとんとずんどうで、手も足もちょんぎられ、性器もない、こけし。こけしは母親に殺された女の子の身代わりだそうです。女の子が生まれてがっかりした母親が、その子を殺して罪滅ぼしに作らせたのが、こけしだそうです。こけしは、一本の木の棒です。一本の木ではなく、一本の木の棒です。根も葉もないのですから、根も葉もない噂をたてられて、笑われる木の棒です。何か恥ずかしい理由があって殺されたのかもしれません。単に食べ物が足りなくて養えないので殺されたのかもしれません。いずれにせよ、こけしはいつも女の子です。だから、男の子はあまり殺されなかったということです。でも、こけしの形は、男性器のようです。そして、それは一本の棒です。生きた木ではありません。だから、実がならないのはもちろんのことです。鶯谷は、まわるわたしを見てひとり満足そうに笑っていました。わたしは、いつか読んだあの一節を思い出し、心の中で暗唱していました。〈正しい実のなる悪い木はない。悪い実のなる正しい木もない。正しい木には正しい実がなる。悪い木には悪い実がなる。実を見れば木がわかる。イバラからイチジクを取ることはできないし、野薔薇から葡萄を摘むことはできない。正しい人間は、その心の倉から、正しい言葉しか取り出すことができない。悪い人間は、その心の倉から、悪い言葉しか取り出すことができない。口から出るものを見れば、心の倉が

分かる。〉

身を削る思いで、身を削られて、完成すると、実を結ぶこともなく、置き忘れられていく、わたしはそんなこけしになりました。わたしは、恐いと思いながらも少しほっとしていました。こけしの身体の中には空洞がなく、ぎっしり木がつまっていて、魂の入る場所がありません。だから、魂を奪われる心配がありません。血の流れる場所もありません。だから、他人と血でつながれる心配もありません。血がつながっている、というのならまだしも、血でつながっているというのは、恐ろしい表現です。誰彼の血が流れている、というのも、恐ろしい表現です。それではまるで、他人そのものが血になって、自分の肉の合間を割って流れ走っていくようではありませんか。わたしは、こけしの血が流れているからこけしなのではありません。わたしが、こけしであるとしたら、わたしはコケシという単語から生まれたからです。コケシという言葉があり、それが発光したために、色や形が生まれ、色は暗闇を犯し、形は空気を犯し、こけしが誕生したのです。それでも、こけしはコケシという言葉から別のものに成りきれたのではありません。こけしであるわたしの源には、コケシという言葉があり続けます。子供を消して作った人形だから、こけしというのだそうです。消されたものがわたしの起源です。

コケシのコと言えば、個、戸、古、粉、固、孤、枯、狐、誇、木、去、鼓、という字が浮かびます。孤独な狐が誇らしげに閉ざした古い身体が、枯れて粉々になって世を去る直前に、無理に自分自身を戸のような個に固めて、鼓のように響き続けるコケシのコです。コケシのケと言えば、化、家、華、怪、悔、稀、袈、毛、という字が浮かびます。華々しい家を離れて、妖怪変化の仲間入りしたことを後悔せず、稀なる存在として、髪の毛を剃り落とし、袈裟をかぶるコケシのケです。コケシのシと言えば、師、資、施、私、止、死、紙、視、刺、試、詩、糸、屍、思、紫、という字が浮かびます。屍の視線に施し物を与えるために師が注ぎ込む資材の私有財産化を阻止する思想を死人が紙面に紫色の糸で刺繡するという試みのコケシのシです。

わたしは、自分の部屋の椅子にすわったまま身動きしなくなりました。この状態は、クリスマスの後、三日間続きました。縛られてでもいるかのように無力でした。燃やされるのを待つゴミの気分でした。抵抗するのをやめてしまった捕虜です。ところが、身体を動かさずにいると、意外なことに、エネルギーの充電が自動的に始まり、力が蓄積され始めるのを感じました。プラグを入れられた後の電気製品というのは、こんな気持ちがするのでしょうか。

〈夕飯、食べないの？　どうしたの、掃除機みたいな格好して。〉

母が部屋に入って来て、呆れたように言いました。部屋の隅に立てられた掃除機の姿は、背筋を伸ばしてすわっているわたしの姿勢と似ていないこともありません。わたしは、ぞっとしました。掃除機と血がつながっている、いえ、それどころか、掃除機と血でつながっている、と言われたくらい、ぞっとしました。掃除機と親戚になるくらいなら、こけしになった方がどれほどいいでしょう。

〈どうしたの？　口がきけなくなったの？〉

わたしの口から、わたしの思考の脈絡とは関係ない道筋を通って、答えがするすると出ていきました。

〈あなたが、わたしとどういう関係にあるでしょう。血でつながる者の時代は終わりました。そして、わたしの時代はまだ来ていません。〉

母はぎょっとして、手の動きを止めました。普段は手をしきりと動かしながら話す癖のあった母です。母の顔の皮膚が灰色っぽく変化し、目は表情を失って、ガラス玉のようになりました。部屋にお手伝いのマサヨさんが入ってきました。

母は、マサヨさんに言いました。

〈あの子の求める物をすべて揃えてやりなさい。あの子によって、必要とされ、名を呼ばれるものを調達し、その時の来るのを待ちなさい。〉

と言っても、わたしの必要とするものは、ほとんどありませんでした。わたしの口は、こけしの口で、単に小さな赤い斑点だったので、そこから出る言葉も、そこに入る食べ物も必要ではなかったのです。マサヨさんは困ったように、その場に立っていました。父が部屋に入ってきました。わたしを見ると、事情を察して、口をぎゅっと結び、

〈鶯谷め。娘をこんな目にあわせて。〉

とつぶやきました。

〈あいつに交渉してやる。〉

気の弱い父が、あの弁のたつ鶯谷に言葉で勝てるはずがありません。父が居間に行って、乱暴に受話器を手に取り、プッシュフォンを押す音が聞こえました。

それから、すぐにまた乱暴に受話器を叩き付ける音が聞こえました。鶯谷が電話に出るまで待てなかったのでしょう。父は、ソファーに倒れるように腰をおろしたようでした。父は朗読は得意でしたが、しゃべるのは苦手でした。だから、言葉に詰まると本を手に取って朗読し始めることがよくありました。〈身につけるものに心を配る者を信じるなかれ。おおいかぶされた物で現れてこない物はなく、隠されている事で人に知られない事はない。すなわち、今になって現れてきた物は、それによって、おおいかぶされていたことにされ、後で知られた事は、隠されていたことになるのである。気をつけるがよい。おまえが暗闇で耳に囁いたことは、すべて明るみで聞かれて、密室で耳にささやいたことは、屋根の上で言い広められるであろう。おまえが腹の中で繁殖させ、密かに抹殺しようとする物は、光の中に姿を現し、大きな声を持つであろう。〉

その後、居間からは何の物音も聞こえなくなりました。父は、鶯谷に電話もしないで眠り込んでしまったのでしょうか。それとも、ソファーにすわったまま考え込んでしまったのでしょうか。この日は、それ以上、何も起こりませんでした。

我が家の居間は、眼科医である父の治療室に長い廊下でつながっていました。

廊下には、ホルマリン漬けの標本や、古いめずらしい本などの入ったガラス戸のついた陳列棚が、いくつも並んでいました。薄暗い廊下でした。戸棚の中だけに電気をつけると、中に入っている物がより美しく見えました。父は収集家でした。よくひとり廊下に立って、陳列棚の中の物を黙って眺めていました。たまには、ガラスの扉をあけて、中の収集品をさわってみていることもありましたが、ガラス越しに眺めていることの方がずっと多かったように思います。その陳列棚の中に、わたしはしばらく入ることになったのでした。今のような状態で外へ出たり、人目に触れたりするのはよくないし、わたしにとっても、これ以上の刺激があるのはよくないということでした。

そういう診断を下したのは、若い頃に父と同じ大病院でインターンとして働いていた後輩の鴨田という男でした。父は家族が病気になると、たとえインフルエンザ程度でも、自分が診たのでは、心配のあまり集中力が散漫になり、誤診するのではないかと懸念し、他の医者に来てもらうのでした。その中でも父が一番信頼していたのが、この鴨田です。鴨田は、わたしの硬直した手に軽く触れただけで、これは一種の想像妊娠への防衛反応で、刺激の直接の原因が分かるまでは、隔離して、絶対安静が必要だと診断を下しました。殊に有機物の刺激が危険なので、無機物だけの世界で、強過ぎる光を避けるようにし、派手な色や音楽は絶対禁物、強い臭いや辛い食べ物も避け、酸性の食べ物と水分を十分に取るようにということでした。

〈しかし、娘はやっと九歳になったばかりなんですよ。想像妊娠というのは……君の想像のし過ぎではないですか。〉

と不満げな父に、多少誇りを傷つけられたのでしょうか、鴨田は厳しく言いました。

〈想像妊娠は三歳の子供でも九十歳の老人でもかかる病気ですよ。まさか、ご存じないわけではないでしょうね。〉

そういう事情で、わたしは一番大きな陳列棚の中に入れられることになりました。かつては、クジラの骨が入っていた場所です。あの骨は、父が賭けに負けて取られてしまったのです。父は気が弱いのに賭けごとが大好きで、いけないとは思っているのでしょうが、誘われると断れないところがあるようです。賭けは負けることが多かったのでしょう。勝ったという話は、聞いたことがありません。

負けると、はたはたと繰られるトランプカードのようにまばたきしながら家に帰ってきて、

〈まずいことになった。〉

とつぶやきました。それから、貯金通帳を出してきたり、陳列棚の並ぶ廊下に行って、次に売るべき物を選びに行ったりしました。あのクジラの骨もそのようにして、ある日売られてしまいました。そうしてできた空洞は大き過ぎて、これまで他の収集品で埋めることができませんでした。そこにわたしが入ったわけです。

この陳列棚の世界にも秩序がありました。わたしの入った戸棚は、居間に一番近い場所にありました。わたしは陳列品の中で一番罪が深かったのではないでしょうか。隣の棚には、哺乳類の剥製が並んでいました。りすとその巣、狐とその獲物。彼らは、食料を保存しようとし、種族を自分の手で守ろうとしたために、猟師の目にとまり、撃たれてしまったのでしょう。所有、保存、繁殖の意志が罰せられたのです。その隣には、口と目を大きく開いた赤い魚のアルコール漬けが飾ってありました。身体に赤い色をまとって他の魚の気を引こうとし、それを繁殖に役立てようとしたために、漁夫に見つかり、罰せられたのです。でも、何も

保存しようとしなかった分だけ、哺乳類よりは罪が軽かったということでしょうか。それから、鹿の耳の皮で製本した本が飾ってあります。これは、随分めずらしい品だそうです。カビがはえるがままにまかせて古びていく本ですから、自己保存や繁殖の意志がない分だけ罪は軽いのでしょう。しかし、鹿の耳は、鹿が生きていた間は自分の身の安全を守るために敵の足音を聞きわけるという、自己保存の役にたっていたことになります。そのため、罰せられたのでしょう。それから、ひび割れた陶器がひとつ飾ってあります。洗面器のような形の陶器です。これは何に使うのか、なぜ価値があるのか、わたしもよく知りませんでした。

　これらの物が並んでいることをわたしはよく知っていましたが、自分が陳列棚のひとつに閉じ込められてしまうと、正面の壁しか見えません。あそこには、あれもあった、これもあった、と思い浮かべてみることはできますが、実際に視界には入ってきません。そうやって、頭の中だけで想像していると、昔はあったのにいつの間にか姿を消してしまった収集品が、今もあるはずの収集品と全く同じくらいはっきりと、目に浮かんできます。たとえば、あの胎児のホルマリン漬けは、いつから失くなってしまったのでしょう。虫のように細い手足で、袋状の腹を抱え込むようにして、背中を丸め、その腹に埋もれるようにしていた大きな頭には、巨大なまぶたが付いていました。もしもあの目が開いたら、と思うと、わたしは恐ろしくなったものです。あのまぶたの下には、どんな目があるのでしょう。それが知りたくて父に尋ねたことがありました。胎児の目玉は、まだ形のない液体のようなものなのだそうです。だから、未熟児の場合、保育器の温度が上がり過ぎると、胎児の目が溶解して流れ出してしまうのだそうです。わたしは、大きなまぶたの下で、形の定まらないままに、どろどろと流れる眼球を想像してしまいました。それ以来、時々、夜中に目を覚ましてしまって、眠れない時、目を閉じると、溶けた白目と黒目が混ざり合いながら、熱を含んだまま、まぶたの下を渦巻き状にどろどろと流れていくような気がしました。それと似たような状態が、こけしとなった今、始まったのです。身体が硬直したせいか、眼球の中だけが溶けてやわらかくなっていったように感じます。わたしというこけしの身体の中で、流動的なのは眼球だけでした。

わたしは棒杭のように陳列棚の中に立っていました。わたしは、ひとりっきりでした。それを有り難くは思っていました。いろいろな人が来て、いったいどうしたのか、気分はどうかなどと、尋ねるところを想像するとぞっとしました。話をする気にはなれませんでした。友人たちは、幸い、お見舞いに来ませんでした。お見舞いに来たのは、鶯谷だけでした。鶯谷は、居間を通って、突然のように、わたしの前に現れて、

〈お嬢さんは、おひとりかい。ずっとおひとりだね。偉いねえ。〉

と言いました。そこには何か、わたしがこうしてひとり立っているのは、偶然ではなく、意味があるのだというような含みが感じられました。わたしは罰せられている子供ではなく、選び抜かれてこういう目にあっているのだという気がしてきました。鶯谷は、にやにや笑いながら、ガラスの向こう側に立っています。

〈ひとりがいい。これからも、ずっとひとりだろうよ。偉いねえ。〉

鶯谷は更に口を動かし続けましたが、鶯谷の声は聞こえなくなりました。代わりに、妙な声が聞こえ始めました。〈よく聞いておくがよい。家、兄弟、姉妹、母、父、子、もしくは畑を捨てた者は、必ずその百倍を受ける。すなわち、いまこの時代では、新しい家、兄弟、姉妹、母、父、子を迫害と共に受け、また来たるべき世では、永遠の生命を受ける。しかし、多くの先の者は後になり、後の者

は先になるであろう。〉

棒杭のようなこけしのわたしはもう、町の病院のひとり娘ではなく、誰とも血のつながりのない選び抜かれた者になってしまったのでした。人よりたくさんお金が欲しいとか、大きな部屋が欲しいとか、そういう希望があったわけではありません。わたしには、ただ、こうして選び抜かれたことは避けられない事件だった、と感じることしかできませんでした。この状態が終わったら、つまり、また動けるようになったら、自分はどうすればいいのか、それを尋ねる意味で、わたしは鷺谷に尋ねました。

〈これから、どこへ行くのかしら。〉

鷺谷は、光る絹の紳士用ズボンをはいていました。色は分かりません。薄暗い廊下で、かすかな光を反射して、ズボンは光っていました。それは、足にぴったり張り付くような細い仕立てではありませんでしたが、ゆったりしたものでもなかったので、ポケットの中に何か入っているのが分かりました。そこが膨らんでいたのです。鷺谷はポケットに手を入れて、それを握りました。それから、それを外へ出しました。それは、本物のこけし人形でした。鷺谷は、それを警官の持つ棍棒のように握って、えいっとガラスを打ちました。わたしは、悲鳴を上げたのだと思います。自分の声も、ガラスの砕ける音も、こけし人形の頭の砕ける音もいっしょになって、わっとわたしの身体を襲い、それから、ばらばらに砕け散ってしまったのでした。

くらくらします。そんな状態から、ゆっくりと意識をひきおこしていこうとしました。胃の中身がふわっと頭の中へ浮かび上がってきては、また沈んでいきます。わたしは、砕け散ってしまったのでしょうか。いいえ、そんなことはありません。わたしの声は砕けて百の破片になりました。これが、来たるべき世で富を百倍にして受けることができるという表現の意味だったのでしょうか。砕ける物、壊れる物は、数を増します。でも、わたし自身は壊れませんでした。陳列棚のガラスが壊れただけです。わたしは、また廊下に立っていました。わたしは、傷ついてはいないようでした。

〈これまでと同じように暮らすんだよ、お嬢さん。誰も変だとは思わないだろう。こけしだったことがあるだろう、なんて言う友達はいないよ。こけしだったことがある印は、誰にも見えない場所にあるのだから。恥ずかしがることはない。い

つか、その意味が表面に現れてくることがある。その時に考えればいい。〉

父が走ってきました。平気か、と尋ねるような顔をするので、平気、とわたしは目で答えました。別にどうということはなかったように思えました。痛みはありませんでした。それから、母が走ってきました。平気なの、と問いたげな口元を見て、わたしはまた、平気よ、と言うように、うなずきました。でも、と言いたそうな顔をして、母が私の顔を見ました。おまえは平気ではない、と言いたそうな顔でした。傷口は、確かに人の目には見えないところにあるかもしれないけれども、それは決してもう治らないのだとでも言いたそうな顔でした。わたしは、その時、何かを理解しました。何を理解したのかも分からずに、何かをはっきりと理解しました。

ガラスの破片は、マサヨさんが片付けました。この事件については誰にも言わないことにしよう、と父が提案しました。

その翌日から、わたしはまた学校へ通い始めました。冬休みはすでに三日前に終わっていました。冬休みの間に、クラスの友達はみんな少しだけ顔が変わってしまったようでした。顔が縦に引き伸ばされて、肉が堅くなってしまったようで、笑う時にも、その肉がぎゅっとすばやく真ん中に集まってこないのでした。わたしは自分の肉が級友たちのと比べて堅くなってしまったに違いないと信じていたので驚きました。おかしなことに、みんなわたしが三日休んでいたことに気がつかなかったようです。

〈あなた、病気なの？〉

と急にわたしに尋ねた友達がひとりだけありました。

〈クリスマスだから疲れただけよ。肉が削がれる思いがするでしょう。クリスマスは。〉

そんな風に言っても、友達は何のことやら分からないようでした。それもそのはずです。大抵の友人たちは、親がクリスチャンではないのです。聖書など読まないのです。もちろん、クリスマスを理由にケーキを買って食べたり、人形をプレゼントしてもらったりはしますが、何も気味の悪いことは起こらないのです。それに対して、わたしのクリスマスは、妊娠と硬直の祭りでした。父は、もうあの事件のことは忘れようと言って以来、その話はしません。鶯谷の名前も出しません。でも、そんな父の顔を見ていると、やはり鶯谷の顔と似ているので、わたしは鶯谷のことを思い出してしまいます。ひとりで留守番をしていると、鶯谷が訪ねてくるのではないかと不安になります。ひとりでいるわたしを見て、にやっとして、

〈お嬢さん、ひとりかい、偉いねえ。〉

と言うのではないかと不安でなりません。それから、もっと大変なことが起こるのではないかと心配でなりません。でもどういうことが起こるのか、具体的に思い描くことはできませんでした。だから、母にその心配事を打ち明けることもできませんでした。

ある日、心配していたことが起こってしまいました。父は学会で旅行中、母は同窓会で出掛け、わたしはひとり家で留守番をしていました。その時、鶯谷が遊びにやってきたのです。わたしは学校の宿題をやっていました。鶯谷はまるでわたしがひとりでいることを知っていたように、両親のことを尋ねようともしないで、

〈お嬢さん、勉強とは偉いね。ひとりでいても勉強ばかりしている。偉いねえ。〉

と言いました。わたしは平気な振りをして、
〈壊れた機械はないわよ。修理する物はないの。〉
と言いました。鶯谷は、わたしの部屋にある電気オルガンに触って、
〈なるほど、オルガンには体毛がない。〉
と言いました。それから、
〈なるほど、こけしにも体毛がない。〉
と言いました。わたしは話題がこけしの方へ行くのを避けるために、
〈こけしというのは、鳥の一種かしら。〉
とあてずっぽうに言いました。鶯谷はすぐに罠にかかって、
〈お馬鹿さんだね、このお嬢さんは。こけしはケシの一種だよ。カケシ、キケシ、クケシ、ケケシ、コケシ。〉
と言って、くっくっくと喉のところで笑いました。笑うことに気を取られて、鶯谷は人の言うことをその場で否定する心の準備ができていません。今がチャンスです。わたしは、はっきりと言いました。
〈わたしはハレと名付けられることになるその子供を生む気持ちはありませ

ん。〉

鶯谷は、あっと叫ぶ形に口を開きましたが、声は出てきませんでした。鶯谷は準備しておいた言葉を次々他人にぶつけて驚かし脅かし、相手があたふたしているのを楽しげに脇から観察しながら、しゃべりまくる男でした。だから、相手が先回りして、きっぱりと拒絶の言葉を吐くと、鶯谷は何も言えなくなってしまうのでした。わたしは、まだ頼まれもしないことに、はっきりと拒絶の意志を示したのでした。鶯谷は、大きなくしゃみをひとつすると、ハンカチをポケットから出して鼻を拭きながら、ぶつぶつ口の中で何かつぶやいていました。何を言っているのか、よく分かりませんでした。聞こえたのは、最後の一節だけです。

〈おまえは、この任務を逃れることはできないだろう。〉

小学校は汚いところです。わたしたちはみんな触るということには敏感で、たとえば水飲み場で、男の子が使ったすぐ後に、女の子が同じ蛇口をひねって手を洗っていると、すぐにまわりからひやかされるのでした。こういう不注意はなかなか見逃してもらえないものです。男の子が触ったものをすぐに触るのは汚いと言って、女の子たちはお互いに監視し合っていました。蛇口については、聞いただけで鳥肌の立つような噂がいくつもありました。たとえば、六年二組のある女の子は、サッカー部の部長が足を洗ったすぐ後に、同じ蛇口から、知らないで水を飲んでしまったために、腕に毛が濃く生え始め、毎朝こっそり剃っているそうです。修学旅行の時に剃刀を忘れたので、みんなにそのことが分かってしまったのだそうです。また、同じクラスの別の女の子は、髪の毛を長く伸ばした汗かきの男の子が口をつけて水を飲んだ蛇口から、そのすぐ直後に水を飲んだために、一時始まった生理がまた止まってしまったそうです。

わたしも他の子と同じように、水飲み場に行く時には、よく気をつけて、休み時間が終わった直後の混雑している時間には、女の子ばかり並んでいる列に並ぶようにしていました。誰もいない時には、どの蛇口を選んだらいいのか分からず、まわりをそっと見回してから、一番端の蛇口を選びました。誰かが背後で急に、汚い、と叫ぶのではないかと思うと、不安でした。汚いというのは、不潔という意味ではなく、何かがうつるという意味でした。何がうつるのかは、誰も知らないようでした。肌の病気のようなものでしょうか。わたしは、ひげが生えてくるのが一番恐いような気がしていましたが、ハレという名の女の子を生む運命にあることを知らされてからは、妊娠するのが一番恐いような気がしました。

道徳の時間に先生がこんなお話をしてくれたことがありました。前に先生が担任をしていたクラスに、隣の町から通ってくる痩せた女の子がいて、この子は、学校の帰り道に時々、大学生のお兄さんにひどいことを強いられていたのでした。それは、どういうことかというと、お兄さんが持ってきた飴玉を、その子は半分の大きさになるまでなめて、元通り紙に包んで、翌日お兄さんに返さなければいけないのでした。言う通りにしなければ、靴を片方、無理に脱がして、その靴を食べてしまうぞと言って、お兄さんは脅したそうです。その子が家でこっそり飴をなめて、唾が糸を引く、半透明にきらきら光る飴の残りをまた紙に包んで翌日持っていくと、帰り道にお兄さんが約束通り待っていて、紙を開けて、これでは半分になっていない、と言って、新しい飴を手渡し、もう一度やりなおすように命令するのでした。その子は、同じことを何度も繰り返しましたが、お兄さんの答えはいつも同じでした。その子は、家に帰って、紙に飴玉の形を真似た楕円形を描いて、その面積の半分、体積の半分、ということについて考えてみましたが、これまでに習った算数の範囲ではこの問題は解けませんでした。楕円形というのはいろいろな半径があるのでどれが本当の半径か分からないし、まして繭玉《まゆだま》のような形の体積となるとお手上げでした。その子は誰にも相談せずにひとりで考え込み、飴をなめてはお兄さんに渡し、また新しい飴を強制されているうちに、どんどん痩せてきて、とうとう病気になってしまいました。なぜこんな大変なことになってしまったのでしょう、君たちならどうやってこの問題を解決しますか、と先生が生徒たちに問いかけると、いつもはおとなしい女の子が急に背中を押されたように立ち上がりました。

〈コップに水を入れてそこに飴玉を沈めて体積を計ります。水かさが何センチ減るか印をつけて、なめる前となめた後を比べます。〉と説明するその子の目は光っていました。わたしは、お兄さんがその子の口に入れた飴玉を後で自分の口に入れているところを想像して暗い気持ちになっていたので、この数学的な明晰さに救われる思いがしました。先生も予想外の答えが返ってきたのでとまどってはいましたが、やっぱりどこか喜んでいるようでした。明るい雰囲気が教室にもどってきました。それを打ち壊すように、しばらくするとこう言った子がいました。

〈どうして病気になったか教えてやろうか。女の子がなめた飴をそいつ、尻の穴へ入れたんだぜ。〉

わたしも同じようなことを強制されたことがありました。でも、それは大学生のお兄さんなどではなく、わたしより年下の女の子でした。教会の日曜学校の帰りに、裏の空き地を横切って家に帰ろうとすると、お祈りの時にわたしの隣にすわって咳ばかりしていた子が、後から追いついてきて、

〈ここは、魔法の石が出る場所だよ。〉

と言うのでした。その子は口のまわりが茶色く汚れていて、足がもつれ合うような歩き方をしました。しゃがんで土をほじくりかえし、小さい丸い石をひとつ拾うと泥もはらわずに口に入れ、しゃぶっていましたが、そのうち呑み込んでしま

ったのです。

〈ここの石はしゃぶっているとパンになるよ。〉

わたしは気がすすまないので、そのまま家に帰ろうとすると、その子が服の裾をつかんで離さないので、仕方なく、手渡された石を口に入れましたが、土の味があまりにも強烈だったので吐き出してしまいました。その子の長く伸びた爪は、土が食い込んで真っ黒でした。

わたしは教会へは母に言われて通い始めたのですが、一度習い始めてすぐにやめたオルガンとは違って、飽きるということがありませんでした。教会と言ってもそれは、孔雀先生の家の庭に建てられたプレハブで、日曜日の十時のミサが終わった後、十一時から、子供のために日曜学校が開かれました。教会というのは、塾やケーキ屋さんの中と違って、灰色のひび割れた壁に何も飾ってないところだなというのが、最初の頃の印象でした。小学校の生徒委員会室と感じが似ていて、接着剤やマジックペンのにおいがしていました。どうして教会って貧乏くさいの、と母に尋ねると、それは日本ではキリスト教は抑圧されているから、と母は答えました。抑圧というのは、なんとなく恐い感じのする言葉だと思いました。わたしは、その恐い感じが好きで、日曜学校に通ったのかもしれません。地味な茶色のポロシャツを着て、カーキ色のズボンをはき、まだ若いのに甘えた表情のまったくない孔雀先生の顔は、面白いところはなかったものの、何回見ても嫌にはなりませんでした。ある子が言うには、孔雀先生は昔は女性だったのに病院で手術を受けて、男性になったのだそうです。声は少しかすれて音程が高く、胸は全く出ていません。痩せているので、いつもベルトなしのズボンとお腹の間が少し開いていました。話し方はぼそぼそとして、先生の話は退屈だと言う子も何人かいました。わたしは孔雀先生の話をいつも楽しみにしていました。わたしが楽しみにしていることが分かるのか、先生はよくわたしの顔と窓の外を交替で見ながら話すことがありました。

あの日は、神を試みてはいけないというお話でした。ココロミルモノがイエスのところへ来て言いました。もしもおまえが神の子であるならば、この石をパンに変えてみろ、と。わたしは、手のひらに乗せた石ころが急にやわらかくふやけて、あおざめ、ひとかたまりのパンに変化していくところを思い浮かべました。それから、わたしはそのパンをみんなに配ってやるのです。でも石を拾ってはパンに変えていくうちに、わたし自身の手が少しずつ堅くなって、そのうちに石になってしまうような気がしました。初めは指先が鉛色に変わり、関節が重くなって、それから手のひらが重くなって、仏像の手のようになって、手首も肘も腕の付け根も石になって、そのうち全身が石になってしまうのではないでしょうか。わたしは大きく息を吸い込みました。なんだか身体のどこかが本当に重くなったようです。孔雀先生はどんな手術をして、柔らかかった胸を堅い石盤に変化させたのでしょう。

〈胸を切り落としちゃったのかしら。〉

と尋ねると、

〈馬鹿ね、ホルモン注射したのよ。そうしたら自然にへこんでくるのよ。〉

とその子は答えました。ホルモンというのは、どういうものか分かりませんでしたが、内側から物の外観を変化させる液体なのだろうと思いました。石にホルモンを注射したら、パンになるのでしょうか。

イエスはしかし石にホルモンを注射したのではありませんでした。人はパンだけで生きるのではない、と答えたのでした。子供たちは孔雀先生の話に退屈しきって、身体を左右にゆすったり、こっそりお尻をつねりあったりしていました。先生が何を言いたいのか理解できなかったのです。人がパンだけで生きるのではないと言われても、パンなんてたくさんある食べ物のほんの一例に過ぎないと思っている子供たちには、ぴんとこなかったのかもしれません。パンの有り難さ、パンという言葉のすべてを包み込むような深い響きを、わたしは実際のパンからではなく、この話から学びました。その響きと同時に、それまで知らなかったことが確実にこめかみに打ち込まれました。意味の分からない返答をして、言葉の力で、意地の悪い人たちに対抗するやり方です。悪口を言い返すのではなく、暴力をふるうのでもなく、ただ、意味の分からない文章をとっさに作り上げて、相手の脳味噌の中をかきまわしてやるのです。

後になって分かったことですが、これは本当に効果的なやり方で、わたしはそれ以来、人にいじめられるという体験をすることが全くなくなったのです。これが、わたしの九歳だった頃と十歳になってからの生活を決定的に区別することになりました。その次の週にクラスのガキ大将に、

〈おまえの父ちゃん、本当は産婦人科のスケベなんだろう。〉

と言われた時も、
〈スケベだけが子供を生むところを見るわけじゃないのよ。〉
と反射的に言い返しました。自分で自分の言っていることが理解できないくらい素早い返答でした。ガキ大将は何か言い返そうとしたのに言葉が出ないので、頬を赤くして行ってしまいました。翌日、その復讐のつもりか、急に近づいてきてわたしの鼻に青いマジックペンでしゅっと線を引き、
〈ブス。〉
と言ったガキ大将に、わたしはすぐに、
〈ブスだけが人間じゃないのよ。〉
と言い返しました。ガキ大将はその意味を理解しようとして眉をひそめました。イエスもこんな風に答えたんだと思って、わたしは満足感を覚えました。言葉の力で自分の身を守るだけではなく、積極的に他人を苦しめてみたいと思ったのは、この時が初めてだったかもしれません。
　パンの件はともかくとして、おまえが神の子ならば、ここから飛び降りてみろ、と言われた時にイエスがどうしたのかは、二週間くらいで忘れてしまいました。

飛び降りて落ちていく身体がパンのようにやわらかくなっていったのか、それとも下で待っていた岩がパンのようにやわらかくなったのか、いったいどうだったのかと、そんなことを考えながらわたしが窓のところに立っていると、ガキ大将が後からこっそり近づいてきて、

〈落ちて死ね。〉

と叫んで、背中を強く叩きました。窓の縁はわたしの胸の高さにあり、わたしはもちろん落ちなかったのですが、叩かれたショックで、わたしの口の中から何かが飛び出して、落ちていきました。それはコッペパンの形をしていました。

わたしの口の中から飛び出したコッペパンの形をしたそれは何だったのでしょうか。わたしは、慌てて階段を駆け降りて校庭に出て、それを捜したのですが、それは失くなっていて、埃っぽい地面には、大人の足跡がかすかに読み取れるばかりでした。それは革靴を履いた男の足跡で、わたしはどういうわけか、それは絶対に鶯谷の足跡だと思い込むようになりました。これは思い違いだったはずです。父の話によると、その月、鶯谷はアメリカに行っていたはずですから。それでも、わたしは鶯谷がこっそり日本に残って、わたしのコッペパンを盗んだに違

いないと思いました。それを家に持って帰って、黒い爪の長く伸びた指でむしっているかもしれないのです。あるいは、舌突き遊びをしているのかもしれません。これはクラスのある子が始めた遊びで、給食のパンに舌で穴を開ける遊びです。食パンを顔の前にかざして、舌で穴を開けるのは比較的簡単です。舌さえ充分に湿っていれば、綿菓子のようなアメリカ風食パンなどすぐに破れてしまいます。でも、コッペパンに穴を開けるのは大変なことです。鷲谷が家でこっそりそんな遊びにふけっているかもしれないと思うと、わたしは舌が口の奥の方に巻きもどってしまって、息が苦しくなってきました。

ゴールデンウィークに、鷲谷が家に遊びに来た時、わたしは眉をひそめて鷲谷を睨んでやりました。鷲谷は平気で、

〈きれいになったねえ。あっと言う間に女っぽくなったねえ。もうすぐ結婚して子供ができそうだねえ。〉

と言いました。それに答えて、

〈すると俺はもうすぐおじいさんになるのか。〉

と言って父は笑いました。なぜ、こんな下品な冗談に父が調子を合わせて笑わな

ければならないのか、わたしには理解できませんでした。まるで、鶯谷に弱みでも握られているようです。もしも父が鶯谷のような男に弱みを握られているとしたら、どんな弱みだろうとわたしは不思議に思いました。それから、せめて母は超然としていてくれればいいのにと思って母の方をこっそり見ると、母は何も考えていない陶器の顔をして、お茶を入れています。母は下品な話が出ると言語を理解しなくなるのです。父も母も、何かの理由で鶯谷に対しては弱い存在なのだ、自分の身は自分で守っていかなければならないのだ、とその時直感しました。

鶯谷は椅子にすわって物を言う時、言葉のリズムに合わせて痩せた太腿を軽く上下させる癖があり、時々寒そうに自分の尻の下に手を差し入れたりもしました。するとと上半身が少し前かがみになって顎が前に突き出て、子供っぽいというよりは物欲しげな、信用の置けない男の顔になりました。育ちのいい父は決してそんな格好はしませんでしたが、なぜかいつも、わたしは鶯谷と父がどこか似ているような気がして、ひょっとしたら腹違いの兄弟かもしれないと思ったことさえあります。きれいになったねえ、というような下品なことをわたしは他の知人親戚から言われたことはありませんでした。わたしはこの家のひとり娘であり、どんな顔をしていても、わたしの価値は保証されているはずであり、人から品物のように顔の評価をされる覚えはないのでした。まして、子供ができそうだなどと、まるで牛のお産の話でもするように話す鷲谷の悪意には耐えられませんでした。

　鷲谷が公園に連れていってやると申し出たので、わたしは喜んで承知しました。母はちょっと不思議そうにわたしの顔を盗み見ましたが、わたしの企みは見抜けなかったようでした。母はわたしが公園を嫌っているのをよく知っていましたし、鷲谷のことを不愉快に思っていることも察していたのですが、結局口に出しては何も言いませんでした。勝手にやらせておくしかない、と思ったのでしょう。わたしの娘に構わないでください、と叫んで鷲谷を追い払う母を想像して、わたしは一瞬感傷的な気持ちになりました。なぜ母はそんな風に情熱的にわたしを守ってくれないのでしょう。わたしはもらい子に過ぎないから、何かの間違いでいなくなってしまっても、それほど悲しくないのだろう、とわたしは自分をもっと感傷的な気分に誘い込むためにわざと考えました。もちろん、もらい子だなどというのは、当時のわたしの勝手な想像でした。母は男の子を欲しがっていたのに、流産したことは知っていました。その後、産婦人科の病院にずっと入院していたことも知っていました。もう子供はできないと聞いて悲しむ母が、養女にしたのがわたしだったに違いありません。シナイの砂漠に捨てられていた子供を、送り返せば政治的な理由ですぐに殺されると聞いて、信仰の篤い母は断ることもできず養女にしたのかもしれません。そんな面倒な子供を拾ってきたのは、その頃、日本赤軍に係わっていた母のずっと年下の妹だったに違いありません。

これが実の子だったら、または実の子ではなくてもせめて男の子だったら、母は鶯谷の顔を睨みつけて、うちの息子に下品な冗談を言うのはやめてください、公園なんて連れていってくださらなくて結構です、と激しく反対したかもしれないのです。でも、もらい子で、しかも女の子なので誘拐されても仕方ない、と考えているに違いないのです。そういえば、いつか西洋美術館へ行った時、母は聖母がキリストを抱いている絵の前に立って、目尻に皺を寄せ、いつまでも同じ姿勢のまま何も言わずにいました。母はイエスのような子を生みたかったんだな、とわたしはその時、直感しました。女の子ではイエスにならないから、わたしをもらってがっかりしたのでしょう。こうなったら、その女の子の腹からイエスが這い出してくるのを待つしかありません。だから、鶯谷のあんな下品な冗談をも許してしまったのでしょうか。こうなったら、意地でも男の子を生まないようにしなければなりません。わたしは、絶対に女の子を生もうと決心しました。女の子を生んで、ふたりで聖女になって、世界を歩き回るのです。わたしは、女の子に生まれて良かったと生まれてくる子供に確信させようと決心しました。女の子は言葉の力を借りて自分の身を守らなければならないので大変です。でも、その分、自由もあります。今だって、公園へ行ってはいけない、とは命令されなかったではありませんか。女の子は保護者なしで公園に行って、そこで好きなことをしていいのです。鶯谷に文句を言い、苦しめ、困らせるのが、わたしの公園行きの当面の目的でしたが、それだけでなく、もっと、いろいろなことをしてしまってもいいのです。わたしは胸をときめかせながら、公園に向かいました。わたしの歩く速度に追いつけず、鶯谷は、時々つまずくように二、三歩駆けました。

〈どうしたの、急に早足になって。〉

と鶯谷は、少し女のような言い回しで言いました。そう言えば鶯谷の喋り方は変わっていると、この時初めて気がつき、その頃クラスで流行っていたオカマという言葉を使ってやりたいと思いましたが、別世界に住んでいる大人はこういう冗談を理解しないで本気にして怒ることもあるので、やめておきました。夕暮れの公園に目をやると、もう小さな子供を連れた母親たちの姿は見えず、ぺちゃんこの革鞄をかかえた制服姿の高校生が数人いるだけでした。よく見ると、高校生は全部で七人いました。向かい合ってうつむいた男女一組のまわりを、距離を充分おいて、女三人、男二人がうろうろしていました。うつむいていた女は鞄を開けると、中から何か取り出しました。鶯谷がわたしの背中を押して木の後ろに隠れさせました。そこからは、ふたりの様子がよく見えました。

女が鞄から出したのは、鉛色をした手首でした。金属なのか、ゴムなのか、離れているので分かりません。

〈あ、テクビだ。〉

とわたしが思わず声に出して言うと、鶯谷が、シッと言いました。わたしの声は聞かれなくて済んだようでした。女がその手首を握手でもしたそうに突き出すと、男はにこりともせずに、その表面をちょっと撫でました。まるで、知らない犬の頭でも撫でるような用心深い触り方でした。女の方も大切そうに、その手首を一度撫でると、鞄にもどしました。わたしは、頭の中が乾燥して熱っぽくなってきました。鉛の色が、公園の木の幹や夕空の上に薄くかかって、高校生たちが立ち去った後も手首の形が目の前にくっきりと浮かんだままでした。

あれは、高い所から飛び降りた時に石に変身してしまったイエスの壊れた身体の一部だったに違いありません。岩の先にぶつかる度に、ぶつかったところが堅くなっていき、堅くなって飛び散った部分を青少年たちが拾って、密かに崇拝しているのでしょう。わたしは、その仲間入りをするには、年が若過ぎました。この日まではどちらかというと敵意しか感じなかった肌の汚い高校生という生き物に、意外な宗教性を見て、わたしは少し驚きました。

高校生たちが公園から姿を消してしばらくすると、わたしの視界にゆっくりと鶯谷の顔がもどってきました。

〈あんた、あたしのコッペパンが窓から落ちたのを黙って持っていってしまったでしょ、返してよ。〉

喉から剝がれ落ちてしまったような声で、自分の声だとは思えませんでした。鶯谷はにやにやしているだけで、何も答えようとしません。答える代わりに鶯谷は、わたしの頭に手を置きました。興奮するのは損で、ガキ大将に向かう時のようにクールにやらなければいけないと分かっているのに、鷲谷を前にすると、ましてその身体の一部がわたしの身体に触れたりすると、わたしの憎しみは節度を失ってしまうのでした。返してよ、と言って、軽く鷲谷の足を蹴ると、鷲谷は大きな声で叫び、その身体はくりりんと内側にまるまって、地面にころがりました。わたしの爪先が、どうやら脛のあたりに的中してしまったようでした。鷲谷は足を押さえて唸っています。かがみこんで、そんなつもりじゃなかったのよ、と言おうとすると、鷲谷は怒ってはいないようで、

〈今度うちへ遊びに来たら、コッペパンを返してやるよ。〉

と息を切らしながらやっと言いました。

わたしが鷲谷の家に行ったのは、夏休みの始まる日だったように思います。湿った柔軟な生き物の身体のようだった教科書や、びっしりと文字と落書きで埋まった帳面が、急に乾いて生命を失い、わたしの気持ちからばらばらと剝がれ落ち、それとは逆にまわりの空き地や林が急に深くなっていくように見えるのは、夏休みが始まる証拠です。いつもは気にもとめない駅の建物がふいに誘い込むようなクリーム色に輝き出し、どこかへ出掛けることだってできるのだと誘惑し始めま

す。わたしは汗ばんだ指で自動券売機のボタンを押し、電車に飛び乗りました。母には、散歩に行くとしか言っていなかったので、首から胸の辺りがくすぐられるような、悪いことをしているような感じがしていました。鷺谷の家に行くことは、本人にさえ伝えていませんでした。驚かした方が成功率が高いような気がしたのです。

ドアを開けた鷺谷は、随分驚いたのでしょう。口がひらいても、そこからすぐには言葉が出てきませんでした。鷺谷の家のある場所をわたしが知っていることさえ知らなかったのでしょう。

〈これは驚いたね、何か御用ですか、お嬢さん。〉

と鷺谷はおどけた中にも警戒する響きのある声で言いました。

〈コッペパンを返してください。〉

とわたしは思い切って言いました。そう言った瞬間、コッペパンなんてどうでもいいのに自分はなぜこんなところまで来てしまったのだろうとわたしは急にそんなことを思い、コッペパン、コペルニクス、コペンハーゲンという名前が次々と浮かんできてわたしは目まいがしました。鷺谷はコッペパンと聞いて声をやわら

げ、
〈ああ、あれね、まあ、お入りなさい。〉
と言って、わたしを家の中へ入れました。
何かおかしいぞ、でも自分はだまされないぞ、というのがわたしの感想でした。奥からテレビの音が聞こえ、風鈴が窓際でクーラーから吐き出される風に吹かれて絶え間なくチロチロと鳴り続け、台所と思われる方角からは肉の焼けるような音がしていました。わたしが居間のソファーにすわると、女の人が麦茶を持ってきましたが、その人の顔は写真に撮ったように動きがなく、目の玉は中心に固定されたまま、コップをわたしの前に置く時にも、何も言いませんでした。これは人間ではなく、鶯谷が考え出した何か人造人間のようなものではないかとわたしが思っていると、それを察したのか鶯谷は笑い出し、
〈ちょっと驚いたでしょう、お嬢さんは、うちの家内を知らないから。〉
と言いました。鶯谷の話によると、妻であるその女性は、若い頃ある病気をしていたのを鶯谷が治療して治したのだそうです。
〈お医者さんでもないのによく治せたわね。〉

とわたしが言うと、鷲谷は真面目な顔をして、

〈だからお宅のお父さんといっしょに治療したわけさ。〉

と答えました。そんな話は一度も父から聞いたことがなかったので、これは嘘をついているに違いない、きっと鷲谷はこの人のコッペパンをも奪ってしまったのだろう、だからこの人はこんな風になってしまったんだ、わたしも今のままでいると同じようになってしまうのだろう、と思いました。自分の身は自分で守るしかありません。

　わたしが麦茶の入ったコップに手をつけようとすると、鷲谷夫人がまた居間に入ってきました。よく見ると、それは何かずっと言い忘れたことを言おうとした瞬間に筋肉が硬直してしまったような顔でした。唇は少し突き出され、かすかに開き、視線は一点に集中しています。いったい何を言おうとしたのか、どんな病気をしていたのか、わたしは是非知りたいと思い、会話が始まるのを待っていました。夫人は戸棚の一番上にあるお菓子でも入っていそうな箱をおろそうとしましたが、手が滑って箱はじゅうたんの上に落ち、埃が舞い上がり、鷲谷が眉をひそめて、

〈ほら、お嬢さんの頭の毛にも埃がたくさん落ちた。〉

と言うと、夫人はあわてて、わたしの上に屈んで、わたしの髪の毛の上の埃を払い落としました。それから急に喉の奥で苦しそうな音をたてると、わたしの髪の毛を触った手のひらを自分のエプロンになすりつけ、汚いものでも拭い取るようにこすっていましたが、じっと観察していると、どうやら汚いというよりはかゆいようで、もう一方の手で二三度ひっかくようにして、それから更に強くエプロンに手をなすりつけると、エプロンがくしゃくしゃになって、その下の青いスカートが皺になり、膝が見えました。膝は桃色で柔らかそうで、白い骨の形が透けて見えていました。

〈妻は子供は苦手でね、触っただけでかゆくなるみたいで。〉

と言うと、鷲谷は軽蔑するようにこちらを見ましたが、わたしは子供だというだけで軽蔑される理由はないので腹がたってきました。

〈子供は汚いからね、早く大人になった方がいいね。子供は、役に立たないだけではなくて、余計なことをしたり言ったりする。イエス様だってね、子供時代なんてなかったんだから。生まれたらすぐに大人になった。お嬢さんもいつまでも子供でいて、みんなに迷惑をかけるのはやめてほしいね、というのは冗談。〉と言い終わると、鶯谷はコッコッコと笑いました。

〈コッペパンを返してちょうだい。〉

わたしはそれには答えずにきっぱり言いました。

〈あの時、窓から校庭の埃の中に落ちてしまったのが、あたしのだって知っていて、拾って逃げたんでしょう。返して。〉

鶯谷は壁からカッコウ時計をはずして、ネジをゆっくり巻きました。その時、スリッパからはみだすくらい大きい鶯谷のはだしの足が見えて、わたしは嫌悪感を覚えました。

〈あれだったらね、山の中に埋めてしまったよ。〉

そう言うと、鶯谷はカッコウ時計の中に指を突っ込んで、派手な緑色に塗られた小鳥を無理に引っ張り出しました。ゆがんださえずりの断片がこぼれ落ちました。

〈山って、どこの山よ。嘘でしょう。山なんて行っている暇ないくせに。〉

〈カッコウ山だよ、カッコウ山に埋めてしまった。〉

鶯谷が無理やり引き出した小鳥を指先で愛撫すると、時計の中からゼンマイの苦しそうにきしむ音が聞こえてきました。

〈嘘つかないで。埋めたなんて、嘘でしょう。〉

鶯谷は急にそこにぼんやり立ったままでいる夫人の顔を見上げて、

〈埋めたよな。〉

と同意を求めると、夫人はこっくりとうなずいて、顎でガラス戸の向こうの狭い庭をさしました。

〈庭に埋めたなら、どこに埋めたのか、教えてちょうだい。〉

と言ってわたしが立ち上がると、鶯谷の代わりに夫人がガラス戸を開けて、そこにあったサンダルを履いて庭に出ました。わたしは鶯谷のものと思われる巨大な下駄以外に履くものがないので仕方なしに、恐る恐るその下駄に足を入れて体重を乗せると、足首が硬直したようになり、前に踏み出す一歩一歩が強制されているように不自然でした。夫人はツツジの植え込みのところにしゃがんで、指先で柔らかそうな土を掘り返し始めました。爪に土が入ってだんだん黒くなっていきます。随分爪を伸ばしているなあと、わたしにはそれが不思議でした。細い指に対して、爪が大き過ぎます。土の中に白っぽい物が見えてきました。どうやら鶯谷は、本当にコッペパンをこんなところに埋めたようです。だとしたら、もう土の水分を吸収して、分解してしまったのではないでしょうか。夫人は白い塊を取り出して手のひらに乗せました。そっと触れると石のように堅くなっています。

〈そこじゃないだろう。そこに埋めたのは死んだ猫だろう。〉

という鶯谷の声が背後からつかみかかってきました。骨、と思って振り返ると、目の前を緑色の小鳥が一羽横切っていきました。

自分の肌に傷をつけてみるのは楽しいことです。ひとりで夜宿題をしている時、急に手首のすぐ上あたりの肌がかゆくなってくるともう駄目です。〈黙〉という字が浮かび上がってくるように思えて、わたしはわたしの目にしか見えないその文字をナイフで切り込みたどります。ぶちぶちとにじむ血の色に視線が縛り付けられます。それでも痛くはありません。その字は太腿に現れることもありました。そんな時は、太腿に刻みます。肉の合間にすっとナイフの薄い刃が入り込んでいってしまうのが不思議でした。コンパスの尖った先を皮と肉の間に刺し入れて、そこに青いインクを入れようとしたこともあります。こちらの方は、刺す度にチクチクと痛み、痛みは点ごとに倍増して、途中でやめてしまいました。痛い点をいくつもつなげていっても〈黙〉の字を書くことはできませんでした。

〈黙〉の字が肌に削り込まれている日は、授業中にあの変な精霊に取りつかれる心配がありませんでした。精霊は、熱い塊のように胃の中に沸き起こって、気をつけないと、声になって、わたしの口から飛び出してしまうのでした。それが初めて起こった時には、本当に驚きました。

〈ゆえに、神は、彼らが心の欲情にかられ、身体を互いに辱めて、汚すがままに任せられた。彼らの中の女は、その自然な関係を不自然なものに変え、男もまたそれを真似て、お互いにその欲情を燃やし、女は女に対し恥ずべきことをし、男もまたそれを真似た。〉

そんなセリフが俳優の口から出るようにすらすらと、少ししわがれた声で、わたしの口から飛び出してきたのです。教室はしんと静まりかえりました。明治維新について話していた先生も口を閉ざし、しきりとまばたきしました。そのうち、やっと、先生が忘れていたセリフでも思い出したように、

〈授業に関係のないことは言わないこと。〉

と言うと、教室中がほっとしたように溜め息をつきました。

休み時間になると、隣の席の女の子がわたしに頬を近づけてきて、

〈どうしたのよ。お芝居の練習でもしているの？　教会学校のお祭りか何か？〉

と尋ねました。どこからあんなセリフが出てきたのか自分でも見当のつかなかったわたしは、言葉もなく首を左右に振るだけでした。するとそこにクラスのガキ大将が寄ってきて、妬むような馬鹿にしたような妙な口調で、

〈おまえ勇気あるなあ。欲情とか自然な関係って何のことだよ。説明してくれ

よ。〉

と言いました。そう言われてみると、わたしにもよく分かりませんでした。特に、女は女に対し恥ずべきことをした、というのがどういうことなのか、また、それを真似て、男が男に対し恥ずべきことをしたというのは、どういうことなのか、ぜひ知りたいと思いました。反射的に思い浮かんだのは、その前の週に起こったことです。一番後ろの列にすわっている、頬のふっくらとした女の子が、リリアンを始めたからと言って、わたしの席のところで、他の女の子たちにリリアンの糸を見せていました。わたしは戯れにその糸を、その子の右手の手首に巻きつけました。何度も巻きつけては縛りました。その子は面白がって笑っていました。それから、わたしはいたずら心を出して、その糸のもう一方の先を机の足に巻きつけて、小さな堅い結び目をいくつか作りました。その時、チャイムが鳴って、その子はあわてて糸をほどこうとしましたがほどけません。先生が入ってきました。あわてればあわてるほど、糸はほどけなくなります。やわらかい手首の肉に糸が食い込んでいくのが分かりました。わたしは解くのを手伝うのも忘れて、充血していくその手首に見とれていました。糸を引きちぎろうとして、その子が思いっきり手を引くと、糸は切れず、わたしの机が大きな音をたててひっくりかえりました。机の上に置いてあったノートや筆箱の中身が宙に飛んで、床に散らばりました。その時やっと我にかえって、わたしはナイフを拾って、糸を切りました。手首の肉のやわらかい女の子は、自分の席につきましたが、次の休み時間になっても、帰宅のチャイムが鳴っても、糸を手首から切り取ろうとはせず、それどころか翌日もその糸をブレスレットのようにつけたまま登校してきたのでした。わたしは自分が責め続けられているように感じ、目をそむけましたが、その子は嬉しそうにこちらを見るのでした。仕方なく、わたしも机の足に残された糸切れをナイフで切り取って、自分の手首に巻きつけました。そのことによって、わたしたちの間には何か契約のようなものが成り立ったような気がしました。

男の子が男の子にすることと言えば、こんなことがありました。それもまた前の週のことでしたが、放課後、体育館の裏で、わたしは、ガキ大将がクラスの同級生と向かい合って、黄色い液体を放出し合っているのを見てしまいました。液体の宙に描く二本の線は、弧を描いてその頂点を少し下ったところで交わり、しぶきをあげて光っていました。その線が消えると、水たまりのできた地面でじゅるじゅると音がして、急に悪臭が立ち昇ってくるようでした。ふたりはいつになく真剣な顔をしていましたから、これは単なる遊びではなく、何かの儀式だったのでしょう。男が男に対してする恥ずべき不自然なことというのは、こんなものではないかと、わたしは後から納得しました。

ところが、その後、それ以上のことが起こったのです。ふたりの男の子がズボンのチャックを引き上げて、その場を去ってしまった後、わたしはしばらくぼんやりと鳥の声に耳を傾けていました。ひっかくような高い声がいくつも重なり合い、どっさり茂った木の葉の間から、こぼれていました。雀か何かの雛がさえずっているのでしょう。その木の下に、茶色い塊が横たわっていました。鳥の死骸。あの男の子たちが殺したに違いない、とわたしは理由もなくすぐに思い込み、怒りに目を熱くして、駆け寄り、指で触れてみると、その肉はまだ暖かいのでした。木から落ちたショックで気を失っていただけなのかもしれません。そう思って抱き上げて手のひらに包み込んでみました。その時、わいわいと声がして、クラスの女の子たちが三人、やってきました。中のひとりは、わたしを見るなり、ヒゲコに腕時計を盗まれて今追いかけているところだからいっしょに来い、と言うのでした。ヒゲコというのは転校生で無口な子でした。毛深いので陰でヒゲコと呼ばれていたのですが、仲間外れにされやすい、すねた笑い方とくねくねした腰の動かし方をする子でした。事情をくわしく知りたいと思うわたしに口を開く余裕も与えずに、三人はわたしの腕をぐいぐい引っぱって、無理に同行させました。わたしは、手のひらの中の鳥を守るのにせいいっぱいでした。鳥を持っていることを説明する暇などありませんでした。

外の通りに出ると、郵便ポストの前で、ガキ大将が、さっきの子と脇の下をくすぐり合って高い声で笑っていました。三人が、ヒゲコが腕時計を盗んだと言うと、ふたりはくすぐり合うのをやめて、猛烈な勢いで走り出しました。ヒゲコの家は、商店街で鳥肉屋をやっていたので、みんなその場所は知っていたのです。わたしも鳥をつぶさないようにしっかり両手に包んだまま走りました。やっと商店街に入ると、ふたりの男の子はもう、ヒゲコを捕まえて、その痩せた身体を激しく前後にゆさぶっていました。まるで、そうすれば、盗んだ時計が身体のどこからか振り落とされるとでもいうように。後から到着した女の子たちが口々にヒゲコを責めたて始めたところに、わたしも到着しました。

〈おまえ、時計、取っただろう。〉

〈返してよ。〉

〈白状しろ。取っただろう。〉

 ヒゲコは唇を変に曲げて、知らない、と言い張るのですが、その言い方が、俳優でも真似できないだろうと思うくらい、わざとらしい否定の仕方をするのでした。もしも本当に取ったならば、どうしてあんなにわざとらしい否定の仕方をするのだろうと、わたしは少し離れたところに立って、電光の速さで答えにたどりつこうと思考力を駆りたてました。しばらくすると、わたしは答えにたどりつきました。というより、答えの方が勝手に頭の真ん中に落ちてきました。巣から雛が落ちるように落ちてきました。ヒゲコは取っていなかったのです。だから、わざとらしい態度を隠す演技ができないのです。つまり、人の振舞は、もともとわざとらしいものであり、自然な振りができるのは、嘘つきだけなのです。

〈やめなさいよ。その子、取ってないわよ。〉

 とわたしは大きな声で言いました。男の子も女の子も驚いて、一斉に振り返りました。

〈どうして、分かる？　証拠は？〉

わたしはそう言われて、自分の身体に視線をもどしました。このわたしに、どうしてそんなことが言い切れるのでしょう。居合わせなかった場所で盗まれた物や盗まれなかった物のことが、どうして分かるでしょう。そう自問する思いで、自分のお腹のあたりを見つめました。その時、わたしは閉ざされた二枚の手のひらの中でもぞもぞと動くものを感じて、思わず手を開きました。意識をとりもどした鳥が、白目のない目を開いてすわっていました。首を一度ぶるぶるっと動かしたかと思うと、つまようじのように細い足からは想像できないくらい強い力でわたしの手のひらを蹴って、宙に飛び立ちました。

みんなは、わたしの手の中から手品のように鳥が飛びたったのを見て、あまり驚いたので、ヒゲコと腕時計の件などすっかり忘れてしまいました。

翌日、なくなった腕時計を更衣室で見つけた子が用務員に届けていたことが分かり、みんなの驚きは更に増しました。

それにしても、手首に魔除けの〈黙〉の字を書いておかなかったために、あの精霊がわたしの口を使って授業中にしゃべり出したのは、一度だけのことではありませんでした。それは、居眠りの出そうな穏やかな午後の国語の授業中のことで、ハエの羽音に合わせるように一本調子で小説が朗読されていました。わたしは吐き気のように込み上げてきた熱い空気を押し殺し、うつむいて口に手を当てましたが、その時はもう遅く、言葉が飛び出していました。

〈すべての戒めが民全体に言い渡された時、彼は子牛と山羊の血を取って、契約書と民全体にふりかけて、これは神があなたがたに対して立てられた契約の血である、と言った。彼は、儀式用の器具のいっさいにも血をふりかけた。こうして、いくつかの例外を別として、ほとんどすべての物が血によって清められたのである。血を流すことなしには、罪の許しはありえない。〉

朗読していた子は息をのんで口を閉ざし、みんなの視線がわたしに集まりました。それから、視線の群れはゆっくりと了解するように、わたしから離れていきました。そう言えば、あの子には時々そういう発作が起こって変になるのだった、とでも言うように。わたしの性格について、そういう先入観がもう定着してしまっていたのでした。先生も何もなかったように、授業を続けました。でも、みんなの頭の中には、様々な血のイメージが広がり始め、それはもうとめることができきないくらいに、あふれて、教室全体を満たしていきました。

わたしは縞模様のシャツを着たあの痩せた男の子を振り返りました。その子は、数か月前から、何かあるごとに鼻血を出して、シャツを真っ赤に染めるようになっていたのですが、血という言葉を聞いて、やはり何か強く感じるところがあったようで、涙の膜の張った目でわたしの方を睨んでいました。わたしはうなずいて見せました。

この子が鼻血を出す度に、神経質だから仕方ない、と慰めるように先生は繰り返すのでした。でも、わたしは、神経質という言葉には、なんだか納得がいきませんでした。ある子が意地悪く言った、男のメンスだ、という表現の方が当っているように思いました。その子は実際、女の子になりたいと思っているのに、その願いを表現する手段が他にないので、生理になる代わりに、鼻から血を出していたのかもしれません。首が細く、振り返る時に着物姿の成人女性のように見えるので、女のようだとからかわれることが時々ありました。そう言われると、顔を赤くしてまるで喜んでいるように見えるのですが、あまりしつこく言われると、鼻の脇に皺を寄せて、何とも醜い顔をするのでした。女の子になりたいと思う男の子はたくさんいるのでしょうか。そういう子は、教会の孔雀先生のように、大人になってから手術を受けて、変更するのでしょうか。でも、大人になってからよりも、子供のうちに変更した方が、苦しむ時間も少なくてすむのではないでしょうか。わたし自身は女に生まれてよかったと思っていたのでしょうか。その頃、わたしは初めてそんなことを考えるようになりました。

孔雀先生と一度、ふたりきりで、その話をしたことがあります。日曜学校が終わってから、わたしはひとり帰らずに、そこにあった画集を見ていました。孔雀先生は、ジュースを持ってきてくれました。それから、何か話し相手を捜すような親しげな表情で、わたしに、どんな絵が好きなのか、本はどんなものを読むのか、などと尋ねるのでした。そのうち、きょうだいの話になり、

〈男のきょうだいなんか絶対に欲しくない。〉

とわたしが言うと、おかしそうに口をまるめて、

〈どうして。〉

〈だって、男の子は、うるさいし、幼稚だし、話題がないし。〉

わたしは以前から不思議に思っていたことを思い出して、

〈キリストはどうして男の弟子しか取らなかったのですか？〉

と尋ねてみました。すると、孔雀先生が言うには、師弟は愛し合うものであり、聖者の男は、同性にしか心から愛を感じることができないからだと言いました。先生は、聖者である男に愛されるためにわざわざ男になる手術を受けたのでしょうか。

〈先生は、だから男になったんですか。〉

〈先生は男になったわけではない。〉

苦笑を浮かべて、孔雀先生は言いました。つまり、あの噂は嘘だったのです。孔雀先生は生まれた時から男であったけれども、育った環境や経済的な理由から、女のように化粧して女の服を着て、水商売をしていたのが、今の親友と知り合って教会に行き始め、生活を変更して、質素な男の服を着るようになったのだと言うのでした。もちろん、初めは男の生活に違和感があり、まるで性転換した者のように感じることもあったけれども、それももう昔のことで、今は、背広を着た自分を、これが自分だと納得できるようになった、ということでした。

〈でも、聖者は同性の聖者しか愛さないことに変わりはないんですね。〉

とわたしがしつこく尋ねると、孔雀先生は曖昧にうなずいて、

〈歴史的に見るとまあそうかな。〉

とつぶやくように答えました。

〈それでは、わたしは女の聖者を捜さなければいけないんですね。〉

とわたしは急に窓の外が明るくなったような気がして、少し大きめの声で言いました。

その夜、わたしは、腕に刻みつけた〈黙〉の字が裂けて血が流れる夢を見ました。痛みはありませんでした。ただ、ぬぐってもぬぐっても、その血がブラウスやスカートに付いてしまって、まわりの友達が、口々に注意してくれるのが恥ずかしくてなりませんでした。

〈鼻血が出たのね。〉

と何気ない口調でみんな言うのですが、本当はみんな、わたしに生理が始まったと思っているに違いありません。その頃、クラスでは、だれが一番最初に生理になるか、みんなが好奇心を持って待っていたのです。一番になりたい人はいませんでした。だから、みんなわたしの血にあんなに強い興味を示したのでしょう。

服を着替えても、ちょっと目を上げると、もう血がそでに付いていました。血は、服だけでなく、ノートの余白や消しゴムやハンカチや傘などにも、筆でひと撫でしたかのように付いていて、いったい誰がそうするのか、消してもまた現れてくるのでした。血が契約の印だとしたら、いったい、わたしはどんな契約をしたというのでしょうか。わたしはわたしの身体以外に引き渡せるようなものは所有していませんでした。こんな風に血をなすり付けるのは、鷲谷に違いない、とわたしは思いつきました。なぜそう思ったかと言うと、いつだったか、わたしは鷲谷が父と血の話をしているのを耳にしたことがあったからです。
〈あの頃は、天どん一人前で浮浪者を誘惑して、献血させていたんだから、ひどいものだね。貧血で道に倒れている人間がたくさんいたんだから。〉
と父が言うと鷲谷は咳き込むように笑って、
〈文字通り、血しか売るものがなくなった身体で生きていたわけ。血を吸い取られるというのも、癖になると、中毒になるそうだ。苦しいけれど、楽しい。太いガラス管がみるみるいっぱいになるのを見ていると充実感があって、それから目まいがして。〉

そう言うと鶯谷は立ち上がって、腕まくりして、細い体毛がまばらに生えた青白い肌をぴしゃぴしゃ叩いて、
〈この肉が血でいっぱいだと考えただけで、自信が出てくるねえ。〉
と歌うように言いました。それから、わたしの方を見て、
〈お嬢さんは献血したことある?〉
と尋ねたのですが、その発音の仕方には何かわたしの胸をえぐるような底の深い意地悪さが隠されていて、わたしは泣きそうになるのを堪えて、ただ首を左右に振りました。そんなわたしの気持ちを察することもなく、鶯谷は大声で笑って、
〈家が医者だと血なんかめずらしくもないんだろうけど、でもね、一度、献血してみるといいよ。すっかり気に入って、やめられなくなるかもしれない。〉
と付け加えて、また大声で笑い始めましたが、その時、母が居間に入ってきたので、笑うのをぴたりとやめました。やはり、後ろめたい気持ちがあったに違いありません。
血を見てやめられなくなると言えば、わたしには確かにそんなところがありました。それは、町の図書館で偶然見つけた本で、キリスト教関係の絵画を集めた

分厚い大きな本でしたが、その中に、裸で縛り付けられて、肌の各所から血を流している若い男を写実的に描いた絵がありました。男は、いつの時代かに実在した聖人らしいのですが、その名前は難しくて記憶することができませんでした。男の肌はすべすべして、生木の板の表面のようでした。ところどころ小さな釘のようなものが刺され、肌が破れてスキヤキ用の牛肉のような肉が見え、血が流れていました。男は目を半分閉じて、首をかしげ、口を開けていました。口の中には血と同じ色の舌が見えていました。わたしはこの絵をみると、頭の芯が冷たくなり、頬が火照ってくるのでした。

ある日、わたしは決心して、この本を借り出して、その頃、仲良くなったヒバリという女の子の家に持って行きました。ヒバリは、気味の悪い話や、血の流れる話などすると、呼吸を乱して喜んで、耳を傾けてくれるので、こういう話にはぴったりでした。おまけに、母親が水商売で夕方から家にいなかったので、ヒバリの家に行くと、ふたりっきりで、何をしても見つかる心配がありませんでした。ヒバリもこの絵を見ると黒目を中心に寄せるようにして、しばらく黙って見つめていましたが、それから、一日貸してほしいと言いました。図書館の本は又貸ししてはいけなかったのですが、わたしは翌日また来る約束をして、本をヒバリの家に置いて帰りました。

翌日、ヒバリのところに行くと、待ち切れなかったとでも言うように、ヒバリは窓を閉めカーテンを閉めると、本を開けて、ブラウスを脱ぎ、聖人画の上に胸を押しつけました。そのまましばらく死んだようにじっとしていましたが、そのうちにゆっくりと身体を起こしました。するとどうでしょう。ヒバリのややふくれかけた乳房のしっとりした肌に、小さな血痕がいくつも現れたのです。絵の中の傷口がスタンプのようにヒバリの肌に映ったのです。

それから、わたしも同じことをせずにはいられませんでした。わたしはヒバリのようにこだわりなく人前でブラウスを脱ぐことなどできなかったので、まず、後ろを向いているようにヒバリに頼んでから、こっそりとブラウスを脱いで、胸を聖人の絵の上に押しつけてみましたが、肌には何もつきません。

〈気持ちをぐっと集中しないと駄目よ。〉

とヒバリが背を向けたまま、事情を察して言いました。わたしは、もう一度、床に置かれた本にうつぶせに身体を押しつけました。

〈その人の苦しみを、自分の苦しみだと思って、気持ちを集中するのよ。身体中に刃物を刺されて、どの傷口も開いたままでいる気持ち、痛みが伝わってくるでしょう。〉

　わたしはそんな気持ちを想像しようと目を閉じて歯を噛みしめました。その時、ヒバリが立ちあがって、ゆっくりと素足でわたしの背中の上に乗ってきました。その時、バランスを取るためにぐりぐりと重心を移す足の裏の圧力に、骨の中から鈍い痛みが起こってきました。息が潰されて、喉が狭くなっていくようです。しばらくすると、ヒバリは溜め息をついて、わたしの背中から降りました。わたしは、腕立て伏せをする時のように上半身を起こしました。カラーページの紙の表面が、汗ばんだ肌にこびりついて、バリバリと音をたて、肌には、赤い斑点が付いていました。

〈おめでとう。あなたも合格ね。〉

とヒバリが教師のような口調で言いました。ヒバリは学校の勉強は苦手でしたが、変に大人びたところがあり、特にこういう種類のこととなると、知識があるのか、勘で分かるのか、わたしをリードしていってくれるのでした。ヒバリの母親というのも特別な能力のある人だったに違いありません。わたしはヒバリの母親を見たことは一度もありませんでした。

家に帰ってから、わたしは父に、網膜に映像が映るように、肌にも映像が映ることがあるかどうか、尋ねてみました。父は眼科医でしたから、視覚についてはくわしいはずでした。父は笑って答えました。

〈そんなことがあったら、大変だろう。目の前にある風景がいつも肌に映るのだったら、海水浴客の身体は、海の青い色になっているだろうし、銭湯で身体を洗っている人達の背中には、他の裸の人間たちが、たくさん映っているだろう。〉

つまり、映像をとらえることができるのは網膜だけで、肌では無理だと父は言いたかったのでしょう。でも、わたしは、まだ納得がいきませんでした。

〈他の人の心の中で起こったことが、伝わることがあるでしょう。それが、肌身に感じられるって言うでしょう。〉

〈それは比喩だよ。それに、もし比喩でなくて、たとえば、他人の不安とか、悲しみとかが、体臭とか汗のような形を取って伝わる場合があるとしても、それは映像ではないだろう。〉

〈でも、昔起こったことが、絵を通して伝達されることがあるでしょう。それは、映像でしょう。〉

〈それはそうだ。でも、絵は目で見るのであって、肌で見るわけではない。〉

わたしはヒバリの家で体験したことを話したいと思いましたが、理由の分からない後ろめたさを感じてやめました。あの体験をもっと違った形で表現するには、どうしたらいいのでしょう。実際、あの時、血が肌に映った感じは、目で見たというのとは、違っていました。いろいろ考えてから、わたしは結局こう言いました。

〈でも、宗教画を見た時の感じは、色や形ではないでしょう。何か、目に見えないものが伝わってくるでしょう。だから、目ではなくて、別の器官を通じて伝わってくるんじゃないのかしら。だって、目では感じられないものがあるでしょう。〉

〈それは、まず目を通して入ってきて、それから、頭を通って身体のいろいろな部署に分かれていくんだよ。絵の入ることのできる入口は、目しかない。〉

そう言うと、父は得意そうに微笑みました。こんなに自信のある微笑みを父が浮かべるのはめずらしいことです。眼科医として、視覚の重要さを思い出して嬉しくなったのでしょうか。わたしは、なんだか納得のいかない思いのまま、自分の部屋に入って、中から鍵をかけました。目だけが宗教画の入ってくる入口だということがありえるのでしょうか。もしそうならば、なぜ、聖人の血がわたしの肌に付いたのでしょう。あの時、わたしはヒバリの体重を感じながら目を閉じていました。目から入ってくるものなど、何もなかったのです。

ちょうどその頃、クラスの担任の先生が胃潰瘍で入院し、別のクラスの先生の授業が続いたことがありました。吠えるようにしゃべる、ブルというあだなの先生で、授業中、少しでもふざけている子がいると廊下に立たせたりするので、みんなに嫌われていました。

〈馬鹿にしているな。〉

というのが、この先生の口癖でしたが、この表現はわたしたちにはぴんとこないものでした。わたしは、この先生とはなるべく係わり合いを持ちたくないと思っていたので、適度に微笑みながら、従順そうな態度を装っていましたが、ただひとつ不安だったのは、もしも、授業中にあの精霊に取りつかれて、言葉が口から飛び出してしまったら、どうしようかということでした。手首には、ナイフで〈黙〉の字が彫りつけてありましたが、それもカサブタができて、それが剝がれてすぐに消えていってしまうのでした。本当は毎日新しく切り込まなければならなかったのですが、同じ場所に切り込もうとすると、寒けのするような嫌な痛みが走るのでした。仕方なく、毎回、別の場所に刻むことにして、数回場所を変えると、もう場所がなくなり、おまけに、ブラウスのそでから漢字がはみだして見え、まるで皮膚の病気でもしているようでした。

〈どうして肌にラクガキなんかしているの。〉

それを見つけた母が、自分の持ち物に傷を付けられたように怒って言いました。わたしは、これは聖人たちが肌に傷を付けられて苦を背負っているところがよく絵画に描かれているように、一種の修行のようなものだと、真面目な顔で説明しました。

〈まさか、本気で聖人になろうとしているんじゃないでしょうね。〉

心配そうに母が尋ねました。わたしは少し驚いて、もし他に職業が見つからなかったらやっぱり聖人になりたいと言おうとして、口をつぐみました。未知の悲しさが現れて、それはよした方がいいとささやくのでした。その悲しさに負けて、わたしはその翌日は、肌に〈黙〉の字を刻まずに、学校に行きました。すると、恐れていたことが起こってしまいました。あの先生が吠えるような声で理科の授業をしている最中に、わたしの口からこんな言葉が飛び出してしまったのでした。〈この盃は、あなたがたのためにわたしの血で立てられる新しい契約である。しかし、そこに、わたしを裏切る者が、わたしと一緒に食卓に手を置いている。〉

教室がしんとしました。みんなは別にわたしの言葉にそれほど驚くことはなかったのでしょうが、なぜわざわざブルの授業中にそんな危険なことをするのか、と呆れていたに違いありません。できれば係わり合いたくないし、わたしが叱られるところも見たくないと思っているのか、みんなの視線はさっと未知の方向に逃げていってしまいました。ただ先生だけがひとり、沈黙の中に取り残されて、小刻みに震えていました。

〈今、何と言った?〉

怒っていいのかどうか、迷っているようでした。ただ、自分の判断力を超える難題を突きつけられて恥をかきたくないと思っているらしく、緊張しているのが分かりました。わたしは正直に今言ったばかりのことを繰り返そうと思いましたが、それはわたし自身の言葉ではなかったので、もう忘れてしまっていました。

〈忘れました。〉

と答えると、先生は初めてわたしの企みが理解できたとでも言うように、

〈馬鹿にしているのか。〉

と吠えるように言いました。放課後、わたしは職員室に呼ばれました。

〈反省しているのか。〉

と尋ねられ、答えずにいると、

〈罪の意識はないのか。〉

と重ねて尋ねられ、わたしははっとしました。教会で聞く話の中でもいつもぴん

とこないのがこの罪という言い方だと気がついたのです。

〈その罪というのが、どういうものか分からないのです。〉

〈悪いことをしたと思わないのか。〉

〈人の迷惑になった時にゴメンネという感じは分かるんですけれど、本当に心の

底から悪いという気持ちが分からないんです。〉

〈授業中に関係のないことを大声で言ってみんなの邪魔をして、悪いと思わないのか。〉

〈でも、あれは精霊が言ったのであって、わたしが言ったのではありません。〉

先生はとまどった顔を隠すように、くるっと後ろを向いてしまいました。その背中を見ているうちに、人に理解されず、拒まれ、誤解され、裏切られ、苦しめられるのが、聖人の一生だと、孔雀先生が言っていたのを思い出しました。そんな生活は、あまりわたしに似合いそうもありません。それでも、精霊がわたしの口を通してしゃべろうとする限り、わたしは人に誤解を受け続けるでしょう。

それから数日後に、わたしは手首の〈黙〉の字が黒ずんできたことに気がつきました。化膿でもしたのかと心配していると、やがて跡形もなく消えてしまい、その日のうちに生理が始まりました。

理髪店へ行くようにと母が言う日には、鏡をのぞいてみると、必ず目の下に紫色がかった影が現れていました。寝不足でしょうか。十二歳を過ぎても髪の毛を長く伸ばしていると、眠りが浅くなることがあるそうです。これは、斜めに傾きながら睡眠の水に沈んでいく時に、自分の髪の毛で編まれた漁網にひっかかって、うまく沈んでいくことができないせいです。昔、母の親戚の住む漁村では、大漁を願って処女を漁網に嫁入りさせる風習があったそうです。それはつまり、漁網に絡ませて少女を海に沈めたということらしく、だから、今日でも娘の髪の毛が漁網を編むことができるほどに長く伸びると、その漁村に住む母親たちは不安になるのだそうです。

それはちょうど、孔雀先生から、天国は漁網のようなものだと聞いた週のことだったので、わたしは髪の毛を切るのは、天国を切り取ってしまうほど残念に思われました。〈天国は、あらゆる種類の魚を捕らえるために海に降ろされる漁網のようなものである。いっぱいになると岸に引き上げられ、良いものは器に入れられ、悪いものは捨てられる。此の世の終わりもそのようになるだろう。使いたちが来て、善人たちから悪人たちを選り分け、悪人たちを火の中に投げ込むであろう。〉わたしはそれを聞いて、水の中で逆立ちして漂っている自分の姿を思い浮かべていました。髪の毛がぼおっと広がって、漁網のようになって、その中を手のひら程の大きさの人間たちが裸でたくさん泳いでいます。頭の皮に天国の網を付けたわたしは、逆立ちした格好で水の中を漂っていても、何の不安も感じないのでした。

中学校に入ってから、いろいろな規則が意地の悪い目のように壁の隙間からわたしを監視している状況にありましたが、中でも、髪の毛を肩よりも長く伸ばす場合は三つ編みにしなければいけないという規則は、厳格に守られていました。三つ編みを避けなければならないわたしは、理髪店へ行かなければならないのでした。三つ編みは、急に後ろから引っ張られることがあるそうなので、恐ろしかったのです。しかも、引っ張る犯人は、いたずらな男の子などという可愛いものではなく、亡霊のようなものだそうです。引っ張られて振り返って見ると、誰もいないのだそうです。薄暗く暮れかけた校舎の廊下を歩いていると、そんなことがよくあるそうです。これは、月から落ちてしまった弟を救うために月女が髪の毛を長く伸ばして三つ編みにして下界に垂らしたところ、弟がそれをつかんで天に昇る途中で髪が切れてしまい、下界に落ちて死んだ弟の霊が、時々少女たちの髪の毛を引っ張るせいだそうです。

わたしは、髪の毛が長めになってきた時に、鶯谷に引っ張られ、ねばりつくような怒りを覚えたことがありました。その頃、鶯谷は入院していると父から聞いていましたが、ある夜のこと、父が親戚の法事から帰ってくるのを待っていると、急に退院することに決まったからという電話が鶯谷からかかってきました。ちょうど病院からの帰り道に当るからそちらに寄っていくと言うと、鶯谷はこちらの都合もよく聞かずに電話を切り、母はあわてて、お酒のつまみを作り始めました。わたしは厚いぼったりしたセーターに着替えて、首にわざと色の合わないスカーフを乱暴に巻き付け、鬼退治の豆撒きでもする時のように、落花生の大袋を両手で抱え込みました。髪の毛は洗ったばかりで、まだ湿っていたため、重たい感じでした。

鶯谷は家に入ってくるなり、再生の儀式だと言って、水割りのグラスを何杯も傾け、そのうち耳たぶだけを鮭の色に染めて、動きの鈍くなった舌を動かしながら言いました。

〈お嬢さん、法事だなんてね、馬鹿馬鹿しい。地獄に連れていかれたらもう、存在しなくなるんだから、法事なんてやる必要ないんだけどね。でもまあオレは病気の中からもどって来られたんだから、めでたい。再生の儀式とはね、このこと。〉

そのうちに鶯谷はじゅうたんの上にすわり込み、何か捜し物でもするように這いまわり、助け起こそうとした母の股の下をぐって、赤子のような声を上げたのでした。

〈こうすれば、一度死んだも同様の重病人も生き返って、もう一度この世に生まれたことになるわけでね、まあ、あてにはならない説明だが。〉

わたしが自分の部屋に引き上げようとすると、鶯谷はあおむけになって手足を丸め、赤子のように横たわったまま、

〈お嬢さん、お嬢さん、待ちなさいって。〉

と言うのですが、わたしは、唾でも吐きかけたいほどの軽蔑感をぐっとこらえて、黙って居間を後にし、自分の部屋に入って、聖書をひらきました。特に読みたいところがあったわけではないのですが、この書物を開いていれば安心だという気

がしたのです。ところが、偶然ひらいたページを読み始めると、ふいに眠気に誘われました。それは冷たい風の吹く灰色の夜明けの海で、乗りたくないのに乗ってしまった船は狭く、波がかかる度に洋服の腰のあたりが濡れて冷たく、足元も濡れているので、すわることもできず、足がだるくて仕方がないのでした。もうすぐ、一隻の船が波の上を歩くようにして近づいてきて助けてくれるのだという予備知識はあったものの、時々、ひょっとしたら助けは来ないで、このまま船は沈んでしまうかもしれないとも思うのでした。その時、隣に立っているのが鶯谷であることに気がつきました。他にもこぼれるほどたくさん人が乗っていたと思っていたのですが、よく見るとそれは人ではなく、マストやその影に過ぎず、わたしは鶯谷とふたりっきりで船の上にいるのだと分かりました。鶯谷はわたしが気づいたのを見ると、金歯をのぞかせて笑って、それから急にわたしの髪の毛をまとめてつかんで、ぐいと引きました。頭から波をかぶったかのように、わたしの髪の毛はごっそり濡れたようになり、わたしは声も出ないまま、鶯谷の髪の毛をつかみ返そうとしました。目には目を、歯には歯を。とその時、復讐をしようと考えてはいけないのだと孔雀先生が話していたことを思い出し、手を引っ込めました。復讐する必要がなくなると、あとのわたしにできることは、自分を責めることくらいでした。鷲谷につかまれるような髪を伸ばした自分が悪かったのです。わたしは髪の毛を夢の中で脱ぎ捨てようとしましたが、それはわたしの肌そのものの延長のように密着して、そこにまた鷲谷が密着しているのでした。

それ以来、鷲谷のことを考えると、自分の髪の毛は自分で守らなければ危ないという気がして、できれば短くしておいた方が安全かとも思うのでした。

理髪店は、商店街の真ん中にあって、普段でも、文房具屋などに行く途中、ガラス戸を通して、中に座って、ひげを剃ってもらったり、髪の毛を洗ってもらったりしている人たちを眺めることができました。白い布をかけられて、患者か、囚人のように、みんな、女主人の吉月さんの意のままになっているのでした。店の中は、ピンクがかった光がさしていて、その光に照らされた観葉植物もひねくれた緑色をしていて、わたしには、その雰囲気がいかがわしいものに感じられました。孔雀先生はこんなところには足を踏み入れずに、自分のハサミで自宅で髪の毛を切るに違いありません。こんなところで髪の毛を切らせて、床にばらばらと髪の毛を落としたまま家へ帰ってしまうのは危険です。その髪を吉月さんがどんなことに使っているか知れたものではないのです。業者に売って、財布の材料に混ぜているかもしれません。豚の飼料に混ぜているかもしれません。財布にされれば、それを開けたり閉めたりする人の金欲が、わたしの身体に知らないうちに染み込んでくるでしょう。髪の毛は切り離されてからも身体と音信するものだそうです。また、豚に食べられれば、その豚が殺される時に、わたしの心に混乱が起こるに違いありません。そして、その豚肉が火の中に投げ込まれてバーベキューになる時、わたしはどんな苦しみを感じるでしょう。そんな目に遭うような悪いことはしていないのに、わたしの髪の毛の行き着いた運命に左右されて、わたしの一部は悪人となり、火に投げ込まれることもありえるのです。

もっと恐ろしいのは、切られたわたしの髪の毛が、人形を作る時に使われるかもしれないことでした。それも、子供が遊ぶ人形ではなくて、性的な目的で大人が使う人形です。そこには、魂がこもるようにと、本物の毛が使われることが多いのだそうです。イエスは決して自分の髪の毛を切らせたりはしなかったに違いありません。だから、聖書には床屋が出てこないのです。

〈ショートカットにしてください。でも、切った髪の毛は全部持って帰りますか

ら。〉

と言うと、吉月さんは、ふん生意気な、と言うように鼻をならして、それから白い布でわたしの身体を包装し、首のまわりに紐を何度も巻き付けました。鏡の中を見ると、自分の外見に欲を出してはいけない、という孔雀先生の言葉も忘れて、醜いところは全部ちょきちょき、ハサミで切り取って、形のよい像を作り上げて欲しいという気持ちがこみあげてきました。吉月さんはカニのように高らかに、ハサミを宙に持ち上げ、まるで自分の手に今は運命のすべてがかかっていること、腕までも白い布に包まれてしまったわたしには抵抗のしようもないことを、意地の悪い喜びをもって確認するように、鏡の中からうなずいてみせました。もしもこのハサミ女がわたしの耳を切り落としたら、この女の耳を仕返しに切り落としてやろうと考えてはいけないのだと、わたしは自分に言いきかせて目を閉じました。復讐を考えない人間には、自分を責める快さを味わう時間が十分あるはずでした。

吉月さんはわたしの首の前にハサミをかまえ、数回それを宙で動かして、シャキシャキという変な音を出してみせました。それから、その冷たい金属の尖った先で、わたしの耳の縫い目をそっとたどりました。縫い目というのは言い方が変ですが、わたしはその時、自分の耳が一度削ぎ落とされてまた縫い付けられたものであるような気がちょっとの間だけしたのでした。聖人の指先が触れただけで皮膚の病が治ることがあると聞いていましたが、吉月さんのハサミが触れると、本当は昔縫い合わされたのにもうそのことを忘れてしまっている場所が、また線上に盛り上がってきて、縫い合わされた時のことを思い出させるような妙な効果があるのでした。

〈どのくらいやるの。〉

と吉月さんに尋ねられた時には、その〈やる〉というのが〈切る〉という意味だということがすぐには分からず、わたしはうろたえて、

〈髪の毛がこんなになってしまって、海で泳いだら、髪の毛に魚がかかるよって、言われたんです。困ります。〉

と答えながら、鏡の中の吉月さんの顔を見ると、その目は事務的で、

〈だから、どのくらい。〉

と繰り返し聞かれて、質問の意味もやっとはっきりし、

〈それでは、耳を出して、ショートカットに。〉

と言うと、

〈そんなに切ると男になるよ。〉

と吉月さんは、乱暴な口調でさえぎりました。髪の毛を切り過ぎると男になるということでしょうか。ばっさりと髪の毛を切られた後の人間というのは、どうも女っぽくなる気がするのですが、でも、今の時代は、男が髪の毛を短くすることになっているというのも事実であり、それは考えてみると不思議なことだと、この時に生まれて初めて思いました。中でもスポーツと仏教に携わる男たちは髪の毛が短く、それは頭の上に天国という漁網を付けて歩くどころか、刈り込めるところまで刈り込んでいく禁欲なのです。でも、イエスは子供聖書物語の挿し絵で見る限り、肩まで髪の毛を伸ばして、彼の弟子たちもみんな男ですが、髪の毛を伸ばしていたようです。

〈耳を出して、ショートカットに。〉

とわたしは勇気を出して繰り返しました。本当は、〈耳を出して〉という言い方が、少し淫らなようで、また果敢なようで、気に入ってしまったので、ぜひもう一度繰り返してみたかったのです。

〈ご希望なら仕方ないけどね、あたしの生まれたところじゃ、女の耳出しは大変だったんだよ。〉

と言って、吉月さんはハサミを動かしながら、冬には吹雪に呑まれて人が消えるような北の村の話をしてくれました。それは吉月さんの生まれた土地でもあって、そう言えば、吉月さんは、寒い時でも素足にサンダルを履いて歩いています。サンダルから飛び出した足の指は、むきだしの耳以上に奇妙なものでした。

その村では、普段は人間の形をして暮らしていても、冬になるともとの姿に返って吹雪を起こして人を死なせる白女がいると言われ、その白女の特色は、耳が長く、自尊心が強いことだとされていました。白女は、生まれた時から白女なのではなく、夏場に裸で水を浴びている時などに、耳の穴から白女の霊が入ってしまうとそうなるので、どんな女でも夏の間に白女になってしまう可能性はあるわけで、秋になると、それを点検する意味で、怪しいと思われる女たちの髪の毛が短く切られ、耳がむきだしにされました。どの女が怪しいかは、家族が決めるのですが、驚いたことに、どの家族も、母親や妻や妹をすすんで検査に差し出すのでした。そうしなければ、逆に白女をかくまっていると思われて信用がなくなるのを恐れたのかもしれません。そんなことにでもなれば、商売にも支障をきたし、田んぼにはこっそり毒薬をまかれるかもしれません。髪の毛を切られた女たちは、次々と菖蒲の入った水風呂に身体を沈めて、御祓をしてもらってから家に帰るのですが、その間、一言も口をきいてはいけないのです。その水風呂のことを思い出すと、吉月さんは今でも鬱とした雲が胸にかかって、ハサミを動かす手が止まってしまうのだそうです。なぜなら、その冷たい水は次々とそこにつかっては出ていく女たちの身体から出たもので、うっすらと血の色に染まり、しかもそこに切りたての髪の毛の短いのが、女たちの肩や背中の肌から離れて、黒い針のように何千本も漂っていたからです。それは特に不潔ではないし、身体に刺さって痛いというのでもありませんでした。それでも、もし針地獄というものがあるとしたらあのことだと、吉月さんは言うのでした。白女を捜し出すためと言うよりは、お前は汚れた者なのだから、その汚れの中を通って、許される程度にまで清められて冬を迎えよ、とでも言われているようで、吉月さんはその重苦しい残忍さを逃れるために、町に出て、髪の毛を切ることを学んだのでした。そこには、女の髪の毛は汚いものだと考えている未開の村の男たちとは違って、女の髪の毛で作ったカツラを被り、女の髪の毛を洗ったり切ったりする、指の細い、背の高い男たちが住んでいました。彼らは、女性客には必ずショートカットを勧め、切り落とした髪の毛を集めて、それでカツラを作りました。女の髪で作ったカツラを被っていると、インフルエンザにかかりにくく、記憶力が衰えにくいのだそうです。その店で、吉月さんは髪を切ることを習い、後に理髪店を開くことになったのだそうです。

わたしの髪の毛も床に落ち続け、左右の耳が現れてきました。もう何年も耳を隠すような髪型をしていたので、あらためて見ると、わたしの耳は思っていたよりもずっと尖っていて、もしも吉月さんの村にいたら、白女だということになってしまったかもしれないくらいでした。そういえば、子供聖書物語の挿し絵になった悪魔も、尖った耳をしていて、それがどうしてなのか、わたしはずっと不思議に思っていました。もしも耳の尖ったものが邪悪であるとしたら、猫などの動物も邪悪であることになります。ひょっとしたら、耳の尖ったものは、獲物である魚を人間と争って取り合うから邪悪なのかもしれません。

〈さて、イエスはガリラヤの海辺を歩いていて、シモンとそのきょうだいのアンデレが海に網を投げているのを見た。イエスは彼らに向かって言った。わたしについて来なさい、あなた方を人間を捕る漁師にしてあげよう。すると、ふたりはすぐに網を捨ててイエスに従った。少し行くと、ゼベダイの子ヤコブとそのきょうだいのヨハネが船の中で漁網を繕っていた。イエスが招くと、ふたりは父親と雇い人たちを置いて、イエスの後についていった。〉

イエスは魚を捕る漁師を、人間を捕る漁師に変えていったのです。漁師たちが、そんな風にあっさりと漁網を捨ててしまうことができたのは、人間を漁獲するという実際は理解しにくい仕事が、魚を捕る仕事と取り替えることのできるものなのだとすぐに信じてしまえるような、そんな話し方をイエスがしたからに違いありませんでした。ということは、わたしもまた、そんな話し方をされたら、捨てがたいといつもは思っているものを、あっさりと捨ててしまうかもしれないのでした。たとえば、〈髪の毛を全部、切り落としなさい、髪の毛で編んだ網で捕らえることのできるものは、心を使っても捕らえることができるのです。〉と言われたら、あっさりと坊主刈りにしてしまうかもしれません。〈学校に行くのはやめなさい。〉と言われたら、どうでしょう。〈学校で習うよりも大切なことをいくらでも教えてあげるから、明日から学校へ行くのはやめて、今すぐにわたしについて来なさい。〉と言われたら、どうでしょう。ある日、中学校から帰る途中、道の真ん中に聖人が立っていて、そんな風に言われたら、そしてもし鞄をそこに置いて、その聖人についていってしまって、もう家にも学校にも戻らないことになったら、どうなるでしょう。家族や級友は何年かしたら、わたしのことなど全く忘れてしまうでしょうか。それは、夕空がうっすらと血の色に染まって、そこに切り捨てられた髪の毛のような黒い筋が、かあかあと鳴きながら過ぎていく、冬に近い秋の夕方であるに違いありません。期末試験の一週間前で、友達はもうみんな下校してしまって、何かの偶然で、わたしだけが遅れて、学校に残ってしまっていて、まるで別れでも惜しむように、肌色のコンクリートの校舎を二度くらいふりかえって、それから家に向かって、ふらふらと歩き始め、一度立ち止まり、なぜか次第にだるくなってくる膝に手をやって、身を起こしてみると、枯れ草色の空き地と空き地の間の〈建設予定地〉という看板の隣の誰もいないところに、ぼんやりと人影が見えてくるのでした。人影は髪の毛を長く伸ばしていて、背が高く、痩せ細っていて、脚が木の枝のように見えました。もし、それが本当に聖人だったらどうしようかと思って、立ち止まったまま、言葉を捜していると、視界が開けて明るくなってきて、気がつくと、それはただ木が一本立っているというだけのことでした。こんなところに木があったかしら、とは思ったものの、それより不思議なのは、何を建築する予定なのか分からない、その建築予定地の看板でした。

その木には、かさかさと乾いて黄色くなり、波状にうねった葉っぱが、たくさん付いていました。そして、その合間に、ピンポン玉くらいの大きさの実が成っていて、色は猿の毛皮の色でした。さわると表面にびっしりと短い毛が生えていて、内部はどうやら熟しているようでした。わたしはその実を十二個もいで鞄に入れて、足音をたてないようにしてその場を去りました。盗みをはたらいたという意識があって足音をたてなかったのではなく、実の成っている木の近くを通る時には、妊婦の近くを通る時と同じように、大きな声や足音をたててはいけないということを聞いたことがあったため、そうしたのでした。そうしないと、熟しかけた実が内部から驚愕して裂けて冷却し、落ちてしまうのだそうです。また、実の成った木にむやみに話しかけるのもいけないそうです。でも、わたしはしばらく歩いてから急に離れがたい愛着を感じて、またその樹木のところにもどりました。樹木に口を近づけて、トゲのない声で、聖書の中から暗記した一節を唱えてみました。〈この水を飲む者は、誰でもまた渇くだろう。しかし、わたしが与える水を飲む者はいつまでも渇くことがないばかりか、わたしが与える水は、その人の中で泉となり、永遠の命に至る水が湧き上がるだろう。〉そんな風に唱えてから幹に耳をつけて聞くと、樹木の内部から、水の音が聞こえてくるような気がして、更に強く耳を押しつけると、水音は深いところから響いてきて、わたしは喉が渇き、なんだか樹木に身体の水分を吸い取られてしまったようになるのでした。しかも樹皮に押しつけられていた手のひらも乾いて、小さなトゲでも刺さったように痛み始めました。冬が近づくと肌が乾いてくるのはいつものことですが、それだけではなく、手のひらの皮膚には、よく見ると細かな亀裂が入っていて、それがひどくなると、中に茶色い樹皮そっくりの第二の肌が現れ、もしもこのまま上の肌が裂けてしまったら、その下から木製の人間が、たとえばこけしのようなわたしが現れるのではないかと思い、あわててクリームを塗り込んだりするのでした。実際わたしは、指の皮膚が乾いて割れて、指の一本一本の中からこけしの顔がのぞいているところをはっきりと思い浮かべることができるのでした。

家にもどると、わたしはもぎとった実を机の上に並べてみました。父も母も出掛けていて、家にいるのはわたしひとりでした。名前も分からず、見たこともなく、それでいて、図鑑か画集の中で見たことのあるようなその実の一角をナイフで切り取ってみると、果肉は深い紅色をしていました。面白半分に台所のミキサーでくだくと、血液の色のジュースができました。匂いはイチゴジャムのようでしたが、舌先でなめてみると、電流でも走るようにひりっとして、ひょっとしたら毒なのかもしれないと思うのでした。わたしはその色を見ているうちに、太鼓の音が遠くから近づいてくるような胸騒ぎを覚え、すばやくその液を三つのコップに注ぎ分けました。それから自分の髪の毛をつまむと、ハサミでその毛先を二ミリくらい切り落として、液の中に入れました。それから、居間の戸棚からウィスキーのビンを出してきて、コップの中にトクトクと注ぎ入れました。

その時、玄関のベルがしつこく繰り返し鳴りました。自分の部屋のドアをきちんとしめてから、玄関に出てみると、鶯谷が立っていました。

〈お嬢さん、お父さんに大切な仕事の話があるんでね、お父さんが帰ってくるまでここで待たせて。もうすぐ帰ってくるそうだから。〉

そう言うなり、ぐいぐい家の中に入ってきて、ソファーにどかんとすわり、テーブルの上に置いてあった父の聖書を、まるで週刊誌でもつかむように、乱暴に手に取りました。

〈お嬢さん、ちゃんと教会に行っているだろうね、さぼったりしないで。〉

鷲谷は冗談でも流すように言い、それから、偶然ひらいたページを読みあげました。

〈イエスがこう話している時、群集の中からひとりの女が声を張り上げて言った。あなたを宿した子宮、あなたに吸われた乳房は、なんと恵まれていることでしょう。しかし、イエスは言われた。いや、恵まれているのは、むしろ、神の言葉を聞いてそれを守る人たちである。〉

鷲谷は咳込むようにひとり笑って、

〈ああ、こうやって女の誘惑なども退けてね、乳房を吸うことなんて、なんの恵みでもないと言っているんだよ。お嬢さん、分かるでしょう。ここに、三十三歳

まで女とは無縁で生きて、そのまま死んだ男がいる。〉

わたしは時計を見ました。鷲谷は不思議そうな顔をして戸棚の中を見ていました。ウィスキーのビンが姿を消しているので驚いているようでした。

〈お嬢さん、何か水割りでもくれないかね。〉

わたしはすぐに自分の部屋に引き返して、血の色の液体が入ったコップをひとつ持って鷲谷のところにもどりました。

〈おや、それは?〉

〈カクテル。スグリウィスキーレッド。〉

わざと投げやりな調子でそう言うと、鷲谷はめずらしく素直で嬉しそうな顔をして、

〈それではお手並み拝見。お味をみせてもらおう。〉

と前置きすると、一口飲んで、ピチピチとくちびるを擦り合わせ、目を閉じて、ううんと唸り、

〈よく分からないなりに珍味、なかなか悪くないかもしれないねえ。〉

と言うと、もう一口飲んで、今度は、不快な味がしたのか、それを我慢するよう

に、

〈喉通りがよくないところが欠点だが、なんだかフグ鍋みたいにぴりぴりするところは悪くないかもしれない。まずいんだが、どこかいいところがある。〉

〈全部飲んでね。〉

わたしは鶯谷の手から離れた聖書を救出し、その場に立ったまま、まるで死刑宣告でも読みあげるように偶然ひらいたページを読みあげました。

〈まむしの子らよ、迫りくる神の怒りから逃れられると思っているのか。だから、悔い改めるにふさわしい実を結ばなければならない。自分たちの父にはアブラハムがあるなどと思ってはいけない。神は石ころの中からでもアブラハムの子を起こすことができるのだ。木の根元にはすでに斧が置かれている。良い実を結ばない木はすべて切られて、火の中に投げ込まれるのだ。〉

　鶯谷は目を細めて、気持ち良さそうにこちらを見つめ、今にも歌でも歌い出しそうなくちびるをしています。悪い者は火の中に投げ込まれるというのは、わたしにはどうしても信じられませんでした。悪い者というのは、鶯谷のような人間のことなのでしょうが、鶯谷などは血を飲んでも、髪の毛が喉の内部に刺さっても、平気で生きていくのです。火にとっては、悪人と善人などという区別は全く意味を持たないに違いありません。火にとっては、それが水分を含んでいるかいないか、つまり、どのくらい燃えやすいかという問題の方がずっと大切なのです。だから、火に投げ込まれるのは、肌の乾いた人間、こけしになりかかった人間、わたしのような人間であるに違いありません。

〈まだ、たくさんあるから、どんどん飲んで。〉

わたしは両親が帰宅する前に鶯谷が三杯とも飲み干して、気分が悪くなって、家に帰ってそこで病気になってしまえばいいと願いました。鶯谷はわたしの言葉に引っ張られるように、ぐっと飲み干しました。それから空になったコップの底に貼りついている小さな黒い点々の正体を見極めようとするように、コップを光に透かしてじっと観察していましたが、わたしの方を見ようとはしませんでした。

〈何見ているの、それは、ほら、イチゴの表面にも黒い短い毛が生えているでしょう。あれと同じで、毒はないんだから。〉

わたしは、そう言ってしまってから、鶯谷が何も言わないのに、こちらから〈毒〉などという言葉を使ってしまったので、怪しまれるのではないかと心配になりました。これでは、まるで毒が入っていればいいと、わたしが願ってでもいるようではありませんか。そして、わたしは実際そう願っているのでした。鷲谷はコップをテーブルに置くと、わたしの方に近づいてきました。わたしはその場から動くことができませんでした。

〈ひとつ、お尋ねしたいことがあるんだけれど、お嬢さん。〉

そう言う鷲谷の白目の中には血の色をした血管が網目のように走っていました。

〈どうして髪の毛をそんなに短く切ったの。どうして耳がむきだしになるまで、やってしまったの。〉

音そのものの中に光がある、と言ったのは、教会の日曜学校の孔雀先生でした。だから、夕方、ひとりで家にいる時などに、声を出して聖書を読み続けていると、日は沈んでいくのに、部屋の中は明るいままで、読むのをやめて目を上げた途端に、どっと暗くなったように感じるのだそうです。

高校一年の時に美術の教育実習に来た駒鳥先生の言い分はその逆で、音は光の中から生まれてくるというのでした。駒鳥先生は、風景画を見ていると、その中に隠し絵のように文字が見えてくるというのでした。しかも、その文字をじっと見ていると、誰かがそれを読み上げる声が聞こえてくるというのでした。

ある春のみずっぽい好天の午後、わたしたちは駒鳥先生の指導で、学校の裏の公園で水彩画を描くことになりました。数人ずつ固まって、自分の好きな樹木の下に場所を占めると、わたしたちは教育実習の先生が来ている時期はいつもそうであるように、次々とはじかれるパチンコ玉のようにおしゃべりを続け、なかなか絵筆を濡らすところまで行きませんでした。やっと紙の上に色を落とし始めた時には、もう随分時間がたっていました。駒鳥先生は、スラックスに包まれた脚をハサミのようにきびきびと動かして、樹木から樹木へ、生徒の絵を覗き込みながら、まわっていました。わたしは、水彩絵の具の透明さに何か自分の気持ちに全くそぐわない清潔さを感じて、オオバコやタンポポの葉の緑色や黄色の上に、赤や茶色を何度も塗って、植木鉢の表面のようにしてしまいました。そこに駒鳥先生が現れて、眉をひそめました。

〈水彩絵の具は、重ね過ぎてはいけません。色が透明なままであるようにしなければ、水彩画とは言えません。なぜなら、どの色にも光があって、どの光にも音があるからです。それが重ねられ過ぎると、壁のようになって、響かなくなりますから。〉

なるほどと思って、公園の雑草の色を見ると、色が光から生まれ、光に音があるというのが、本当らしくも思えてくるのでした。

一方、孔雀先生の言うことも、本当らしく思えました。夕暮れが、ゆっくりと圧迫するように、答えを待つように、斜め後ろから迫ってくる時、本を声を出して読み続けると、闇の予感が硬直して、暗くならないまま止まってしまうように思えるのでした。でもそれは、わたしの場合、光と呼ばれるものとは少し違っているような気もしました。孔雀先生が聖書を読めば、あの絵本の聖書物語にあるようなパイナップル色の後光が現れることもあったのでしょう。わたしの場合は、それは光ではなくて、別のものでした。ただ、〈それは光ではない〉という言い方をすると、何か大切な権威に反抗するようで、わたしははっきりそのことを孔雀先生に言う勇気がありませんでした。光について話す時、孔雀先生は、本当に何か美しいもののことを言おうとしているらしいことが、声のかすれ具合から分かるのでした。それを踏み潰すように、光ではない、などと言うことはできませんでした。わたしが十四歳くらいから背も急に伸びて、身体のあちらこちらに肉が付いてくると、孔雀先生が割り箸のように見えてきて、少しでも孔雀先生に逆らうようなことを言おうとすると、その割り箸が折れてしまいそうに思えました。それでも、わたしの頭に思い浮かぶのは、ほとんどすべて先生に逆らうようなことばかりでした。

〈あなたがたは、世の光である。山の上にある町は、隠れることができない。明かりを机の下に置く者はないだろう。明かりは燭台の上からあたりを照らすものだからだ。それと同じで、あなたがたの光を人々の前に置いて、輝かせなさい。人々が、あなたがたの良い行いを見て、天にいますあなたがたの父をあがめるよ

うにしなさい。〉
　でも、わたしには、光が必ずしもそれほど尊いものだとは思えないのでした。光が冷たい手錠のように思えることが頻繁にありました。たとえば、スライドを使った授業の時などがそうでした。マルチメディア室でのスライドやビデオを使った授業は、高校生の心を怪しく揺すぶるものでした。電気が消えると、触れ合い、握り合う指先がいくつもありました。くすくす笑いやささやき声、溜め息などが、すべて日常性を超えて、霊たちの息のように聞こえてきました。生物学の先生は、それに耐えられず、懐中電灯で教科書を照らして中から解説を引き出したついでに、その懐中電灯の光を生徒の顔に当てて、質問をしたり、その光で握り合い愛撫し合う手を発見しようとしたりするのでした。警備員が夜の高層ビルを照らして巡回する懐中電灯の光と同じ光です。その丸い光に直撃されると、どの生徒も顔に穴を開けられたように見えました。わたしは、タイムカードにパンチされる穴のことを考えずにはいられませんでした。
　また、光が斜めに顔に当って、目のまわりや鼻の脇の影が濃くなると、どんなに元気そうな顔でも、病人の顔のように見えました。その暴力的な光が、生徒の身体の中からうっすらと出ている、目には見えないくらい微妙な生き物の光を殺して、被い隠してしまうから、病の表情が生まれるのでしょう。

確か、あれもスライドを使った授業の時のことでした。黒い分厚いカーテンが窓を被ってしまうと、部屋の中は蒸し暑く、さっそくノートを使って、汗ばんだ顔を煽ぎ始めた人が何人かいました。その音が、鳥にしては大き過ぎる存在の羽音のようにも聞こえました。スクリーンに映っていたのは、アメーバでした。ひそひそとささやく声や、息だけの笑いが、暗闇のあちらこちらで始まりました。声の聞こえてくる方向だけは分かるものの、それが誰の身体から出ているのか分からない不安定な世界で、わたしはアメーバの世界もこんなふうなのかと思いました。アメーバは、聞き取れない言葉や意味の分からない忍び笑いが、泡のように現れたり消えたりする中を漂い、誰と会話することもなく泳ぎ続けていくのでしょう。それでも、お互いに反応し合うということはあるわけで、そのために、例えば、攻撃的な雰囲気が、いつの間にか盛り上がってきて、大混乱の起こることもあるのでしょう。それと似たことが、この日起こりました。ひそひそ話も針の束のように危険な感じに聞こえ始め、やっちまえよ、とか、まだ気がついていないみたい、というふうに聞こえるささやきも、もしかしたら自分のことを指して言っているのかもしれない、と誰もが落ち着きを失い始める頃、わたしも、早く電気がつかないか、そうしないと何か爆発するのではないか、と思いました。先生もそれに気がついたのか、懐中電灯の丸い光がパトロールを開始し、闇の中を次々照らし出していきました。鼻をほじる指、隣の人の腋の下をくすぐる指、ワイシャツの中に隠れた指、赤く染まった頰、閉じられた瞼、机の上に乗せられた足、それらの断片が、次々と摘発されるように、闇の中に浮かび上がっていきました。それから急に、ああっと奇妙な悲鳴が上がりました。それは、クラスの誰の声とも似ていない、まるでゴム人形に無理に出させた声のようでした。

〈何を騒いでる？　誰だ？〉

やっと叱る理由になるほど大きな騒ぎが起こったので、先生はすかさずそう言って、懐中電灯を大きくまわして、声の主をさがしましたが、その光の輪の中に現れる顔はどれも口をしっかり閉じて、驚きに目ばかり大きく開いた、青ざめた顔ばかりでした。青ざめているのではなく、光が肉を病気に見せたのかもしれません。ああっという声がまた上がり、それに怯えて、やだっ、というような悲鳴がいくつか起こり、それから、ひとつの等身大の影が部屋の真ん中で、手を翼のように広げてはばたきながら、独楽のようにまわり始めました。ばさばさばさっ。くるくるくる。ばさばさばさっ。くるくるくる。昔、こんなおもちゃがあったような気がしました。はばたきながら、まわるゼンマイ仕掛けの人形。

闇の中で、回転運動そのものが、光のようなものを生み出すこともあるのか、わたしたちの目には、そこで起こっている動きがはっきりと見えたのでした。はっきり、と言うのも間違いかもしれません。はっきり見えるかたちはなかったのに、はっきりと認識されたのです。

〈誰だ、そこで暴れているのは。〉

先生は、そう叫ぶだけで、回転する者に近づいて行こうとはしませんでした。まるで、近づこうとする者たちを寄せつけない力が、回転運動の中から生まれてくるかのようでした。わたしたちは硬直し、何、誰、と口から出る言葉もどんどん短くなっていって、ついに誰も口がきけないところまでくると、回転していた翼のある影は、ばったり床に倒れてしまいました。

誰かがカーテンを引きちぎるようにあけると、春の光がどっと流れ込んできました。その光が、驚きのため一体になっていたわたしたちをまた、ばらばらにしました。わたしたちは、急にもどってきたお互いの洋服の色と身体の輪郭を、めずらしいもののように眺め合い、それから教室の真ん中に倒れている緑色の木綿に包まれた背中を見ました。それは、カナーというあだ名で呼ばれていた目立たない同級生の背中でした。カナーの背中がそんなに美しいかたちをしていたことには、わたしはそれまで気がつきませんでした。

保健室に運ばれて、医者の診断を受けた時、何も覚えていない、とカナーは言ったそうです。急に意識が失くなったのだそうです。アメーバという言葉だけが、変にはっきりと記憶に残っていたそうです。

わたしは、それを聞いて、アメーバという言葉が、わたしの中にも妙な感覚を呼び起こしたのを思い出しました。アーメン、雨、尼、網、から始まって、阿弥陀、編めば、迷、名馬、婆、場、または罵、と奇妙な連想の網が、遠巻きにわたしのまわりをまわっているような気が、あの時したのです。わたしは、それを押し退けるように、先生のつまらない解説に聞き入りました。カナーの場合、その網が接近してきて、もうどうにも逃れられないところまで来て、それからカナーを縛り上げるように締めつけて、逃れようと振りまわすカナーの両腕の動きも、はばたく翼の動きに収拾されてしまったのでしょう。カナーが暗闇の中で、身体を独楽のようにまわされて、くるくると意識を失ったために、回転しながら見たものも聞いたものもみんな忘れてしまったのだとしたら、惜しいような気もしました。でも、ひょっとしたら、忘れたように思い込んでいるだけで、記憶のどこかには残っているのかもしれません。

それから何日かして、わたしは、放課後ひとり図書室にすわっていました。文学の棚の隅に、カナーの服と全く同じ緑色の表紙の本が何冊かありました。〈迷いの木馬〉というシリーズでした。その中の一冊を手に取って、放課後の夕日が図書室の一番奥の棚まで届くような時間に、わたしは窓際にすわっていました。読書していたわけでもありませんでした。夕日が背表紙にあたると、光り出す本もありました。カナーが図書室に入ってきて、わたしたちは何となく話を始めました。初めは、ごく普通の文章をしゃべっていたのが、そのうち少しずつおかしくなってきました。

〈僕も本には弱い性格だから。〉

とカナーが言ったのをよく覚えています。変な言い方だと思いました。もしかしたらカナーもあの日、アメーバという言葉から発したアーメン、雨、尼、阿弥陀の網が張りめぐらされているのを感じたのかもしれません。そして、自分の身体を渦巻き運動から守る術を知らなかったカナーは、ただその中に呑み込まれていってしまったのかもしれません。本に弱い性格だというのは、言葉に弱い、つまり、言葉の力に抵抗できない、という意味だったかもしれません。

〈アメーバが、映っていたでしょう、スライドに。アメーバっていう言葉を聞いた時、アーメンっていう言葉、思い出さなかった？〉

〈アーメンって、お祈りの時に言うアーメン？〉

〈そうよ。〉

〈そんな言葉、頭に浮かんだこともないよ。〉

アーメンというのは、ヘブライ語で、〈まことに〉〈たしかに〉〈かくあれ〉と言う意味なのだそうです。すると、これは、アメーバとは全然イメージが違ってしまっているようです。なぜなら、アメーバは、ギリシャ語で、〈変化〉という意味だと、教科書に書いてあったからです。これが本当だ、こうあるべきだ、と断定する〈アーメン〉と、ふにゃふにゃと絶えず姿形を変化させる〈アメーバ〉では、あまりにも性格が違っているではありませんか。

〈それなら、何のことを考えたの、アメーバを見た時？〉

〈サッカーのゴールが急に近づいて来て、自分がボールになっていくみたいな気持ちになったんだよ。思いっきり蹴られて、くるくるまわりながら、ゴールの網に向かって、飛んでいった。網目はどんどん近づいてきて、もう少しで回転も終わる、早く終わってほしい、とずっと思い続けて、それでも、なかなか到達しなくてね、やっと着いた、やっと止まった、と思ったら、真っ暗になった。それで、その時まで、くらくらするくらいの明るさの中を飛んでいたことに、やっと気がついた。でも、本当は、明るかったんじゃなくて、回転していただけかもしれないね。〉

このことは誰にもしゃべってはいけない、とカナーは言うのでした。そして、この秘密を共有することが、わたしたちを深く結びつけてしまいました。あの日のことをあんな風に親密にしゃべってしまったのだから、もう何でも話せるとでもいうように、わたしたちは、図書室だけではなく、帰り道に顔を合わせると、立ち話をするようになり、そのうち、近くの喫茶店で向い合ってカフェオレを飲むようになりました。わたしの通っていた高校は、制服のない公立の高校で、休み時間や放課後、喫茶店に行くのはごく普通のことでしたが、わたしが頻繁にカナーとふたりで〈アミーゴ〉という名前の喫茶店にすわっているのを見て、級友たちは、できてる、できてる、と言うのでした。この言い方には、何か、子供でもできてしまいそうな緊迫感がありましたが、わたしはおかしなことに、九歳くらいの時に特に強く持っていた妊娠感覚を十五歳になると、すっかり失っていました。

カナーは、腰が細く、猫の毛のような髪の毛を肩まで伸ばし、少し猫背で、サッカーなどはあまり上手そうではありませんでした。男子のサッカーを窓から見ていると、カナーなどどこにいるのか、なかなか分からないほど目立たなかったのです。やっと見つけても、それはシャツと短パンの白い色だけが、妙に明るくはためいて移動していくだけで、その動きがボールの動きと関係あるようには思えませんでした。そんなカナーが、なぜサッカーボールになった幻影などに襲われたのでしょう。

〈だめね、運動神経ないわね、彼。〉

などと窓際にいるわたしをからかいに来る友達もいました。が、少し悩ましげに見えたかもしれないわたしは、カナーの運動神経のことではなく、全く別のこと、あの日のことに頭を悩ませていたのでした。

〈どうして、サッカーボールなのかしらね。〉

とわたしはカナーに直接、この問いを投げかけてみたこともありました。あの日のことについて話す時には、前置きをしなくても、わたしたちの間では、あの日のことを言っているのだということがすぐに分かるのでした。

〈サッカーには全然興味がないんだけどね。不思議だな。でも、もしかしたら、アメーバと何か関係があるのかもしれない。〉

アメーバという言葉を聞くと、またわたしの中で、奇妙な警報ベルが鳴り出すのでした。まるで、重要な聖人の名前がこの言葉の中に隠されていて、わたしがそれを知りそうになると、霊が現れて、わざと音をごちゃごちゃにしてしまうようでもありました。〈アメーバ〉は、網のように編まれた言葉なのかもしれません。だから、簡単に解きほぐすことなどできないのかもしれません。そして、その網に引っ掛かる人間と、全く網と触れることなく一生を終える人間とがいるのではないでしょうか。そうでなければ、どうしてみんなすぐに、あの日のスライドの時間に起こったことを忘れてしまえたのか、わたしには理解できませんでした。あれから数か月たってから、ある友達に、〈カナーが回転したあの日〉と言っても、わたしが何のことを言っているのか、友達は全く理解できないのでした。みんなにとって、あれは校舎の前の道でノラ猫が交通事故に遭って死んでいた、というような事件と同じで、しばらくすると記憶の表面から消えてしまう事件なのでした。

それはカナーの人柄とも関係があったかもしれません。カナーは、あんな突飛なことをしても、すぐにみんなの記憶の中からすべり落ちてしまうほど、印象の薄い人間なのでした。自分の姿や言葉を印象づけようとする気持ちがないのでしょう。でも、霊が巻き起こしたとしか思えないような渦に巻き込まれて身体を回転させられるのは、むしろそういう無欲な人間なのかもしれません。十二人の弟子がイエスによって選ばれたのも、彼らが特に頭が良かったからでも、性格が良かったからでもない、と孔雀先生が言っていました。それは、海に漁師が網を投げた時に、偶然いろいろな魚がかかるのと同じなのだと。つまり、カナーも偶然、網にかかったというだけのことでしょうか。わたしも網にかかることがあるのでしょうか。わたしは多分、カナーが網にかかったことを羨んでいたただひとりの同級生だったのでしょう。カナー自身は、自分が網にかかったことを全く自慢になど思っていませんでした。運が良かったとさえ思っていなかったのです。ただ、わたしが、そのことを、羨ましく思っているのを知って、あの日のことを時々熱心に思い起こしてみるだけで、それがなかったら、できるだけ早くあんな事件は忘れてしまいたいと思っているようでした。

わたしの妬みには根の深いところがあり、もしかしたら、このカナーの欲の無さが網にかかる好条件になったのかもしれないと思うと、その無欲さそのものが妬ましくなり、カナーの無欲さを自分のものにしたいという欲が生まれてきました。カナーがぼんやりしている時の、何も欲しそうでない顔を見ていると、逆にいらいらして、意地の悪いことを言ってしまいたくなることもありました。

〈今度の生物の試験、何点だったの？〉

理科系の勉強が苦手なカナーにそんな質問をして、その顔に苦しそうな表情の

浮かぶのを待ったことさえありました。が、それも効果なく、カナーはにやにやしながら、
〈アメーバは、苦手だからなあ。〉
などと言うだけでした。アメーバという言葉さえ口にすれば、それがマジナイ言葉になって、わたしたちの間の競争意識も妬みも消えて、同じ温水の中に飛び込んでしまえるとでも思っているようでした。そして実際そんな力が、アメーバという言葉にはありました。わたしは、笑い出して、笑いといっしょに、しばらくは妬みを忘れることができたように思います。
夏休みの始まる一週間ほど前、秋の文化祭で行われる劇の主役を決めることになりました。それは足の甲に釘をネジ込まれるような苦しみを舐めることになった隠れキリシタンと、彼を裏切る友人たちの話でした。主役に立候補する人がいなかったので、候補者無しのまま、投票が行われました。クラスの誰に投票してもいいわけです。結果は、カナーに集まった票が圧倒的に多く、それを知った時、わたしは自分でも驚いたことに、さっと気分が翳りました。あの日のできごとが、みんなの頭のどこか分からない部分に残っていて、カナーは聖なる役割にふさわ

しい、ということになったのかもしれません。わたしは、カナーが選ばれたのに、自分が選ばれなかったことを思うと、またこんなことになった、と思うのでした。だらだらと続く坂を引きずられるように降りていくような気分でした。主役のキリシタンは男性ですから、女のわたしが選ばれなかったのは当然かもしれません。それでも、理屈では説明のつかない不満がわたしの中で煙となって立ち上がり、カナーの顔を見る気にはなれませんでした。何度も繰り返されたために、溝のように彫り込まれた失望感がわたしの中にあって、それが投票結果を見た時に、痛み始めたのでした。

それは、キリストの弟子の話を孔雀先生から聞いた時に、言葉にならないまま、背後を通り過ぎていった失望感と同じものでした。もしもイエスが、漁師が海に網を投げて魚を捕るようにして弟子を見つけたのならば、つまり、もし選ばれた者たちが、頭の良さでも性格の良さでもなく、ただ、偶然そこに居て心を開いたというだけの理由で選ばれたのならば、なぜ十二人とも男性だったのでしょう。海に網を投げて、かかった魚が全部オスだということがありうるでしょうか。

わたしの妬みは、膨らんでいきました。カナーが、あの天使の回転を体験できたというだけでも、カナーを妬む理由は充分あったのです。それが、アーメンという言葉を心に浮かべたことさえないカナーが、隠れキリシタンの役に選ばれたことで、わたしは、自分が不当に差別されているような気分にまでなりました。カナーは痛い思いをしてまで、わざわざ禁じられた宗教を信じるような人間ではありませんでした。

数日後、わたしはカナーに意地の悪い匿名の手紙を出しました。

〈聖人と呼べる人間など、ひとりもいない。悟りのある人間も、神を求める人間もひとりもいない。その喉は、開いた墓であり、その舌は人をあざむくためだけにあり、その唇にはマムシの毒があり、その口は呪いと罵倒の言葉に満ちている。その足は血を流し、その足の踏む道には、破壊と悲惨しかない。〉

もちろんこのように悪意に満ちた言葉は、わたしの頭の中から自然に湧き出てきたのではありません。聖書の中で見つけた一節を書き写したのです。手紙の差し出し人がわたしだということが知れてしまった場合にも、それがわたし自身の言葉ではなく、聖書の言葉だということになれば、罪が軽くなるように思ったのです。聖書は便利な書物でした。頭が空洞になって、火のような言葉を吐きたいのにそれが見つからない時には、聖書を開けばいいのでした。手紙は切手を貼って、カナーの自宅へ送り付けました。カナーが手紙を読んで何を思ったのかは分かりません。カナーの態度に変化が起こったようには見えませんでした。わたしは、カナーを避けるようになりました。それは、特に難しいことではありませんでした。以前は、わざとふたりが校門の辺でいっしょになるように、他の友人たちとのおしゃべりを長引かせたり、短縮したりして、調整していたのです。調整しなければ、いっしょになることはありませんでした。

水彩絵の具では描けないほど、べったりとした熱気が、校庭の樹木にもわたしたちの肌にも迫ってきた六月のある日のこと、わたしが校門を出ようとすると、カナーがいきなり、目の前に飛び出してきました。

〈アメーバ、アメーバ〉

と言って、にやにや笑っています。その声は、カナーの声ではなくて、誰か別の人の声のようでした。しかも、その声をわたしは知っているような気がしました。飴のねばりと垢の暗さの混ざり合った、年とった未熟な声です。鶯谷の声です。そうです。でも、どうやって鶯谷が、カナーの口を使ってしゃべることができるのでしょう。カナーの顔は硬直していました。
しばらくするとカナーの頬は柔らかくなって、唇の形も元にもどりました。カナーは、目をぱちぱちとさせて、自分の声で、〈あのっ〉と言いかけました。するとまた、頬に硬直が起こりました。〈あのっ〉という文章の頭が、アメーバという言葉に飲まれて、
〈アメーバ、アメーバ〉
という鷺谷の声がまた、カナーの口から出てきました。
〈どうして、アメーバなのよ。何か別のこと言いたいんでしょう。はっきり言って。〉
わたしがそう言うと、カナーは眉をしかめて、だから、と言いかけて、また鷺谷の声で、
〈アメーバ、アメーバ〉
と繰り返すのでした。わたしは、これはカナーが何か大切なことを言おうとしているのに、鷺谷が邪魔しているに違いないと思って、
〈鷺谷なんかに影響されたら駄目よ、がんばって。〉

と言うと、鶯谷という言葉が発音されたとたん、カナーは急にけろっとして、

〈そうか、やっぱり。〉

と言うのでした。

〈どうしたの？　何がそうか、やっぱりなの？〉

〈鶯谷という男が電話してきて、君に手を出すと、大変なことになるって言ってきた。脅迫状まで出してきた。〉

わたしの中で、雑巾を絞るような形に怒りが凝縮されていきました。カナーを妬んでいた自分の心も忘れて、鶯谷だけが悪いんだ、邪魔をするんだ、割り込んできてみんな壊してしまう、という思いが、ずんずんと迫ってきて、わたしは、脅迫状と思われても仕方のない手紙を書いたのが自分自身であることも忘れてしまいました。あの手紙だって、鶯谷がわたしの意識の中に忍び込んで無理に書かせたのかもしれません。

わたしは、カナーの腕を摑むと、そんなことはこれまでしたこともなかったのに、自分の胸のところまでその腕を引き寄せて、カナーの耳の穴の中に、

〈ばかね、信じたの？　そんなこと、嘘にきまっているでしょう。鶯谷っていう

のはね、あたしの親戚で、ずっと精神病にかかっている男なの。だから、いつもそういうイタズラするのよ。〉

自分でも感心するほど、するするっと嘘が口から出ました。カナーは、わたしを信じていいものか、迷っているようでした。

〈本当よ。ね、こんな道端で話していないで、あたしの家に行きましょう。今日は、父も母も出掛けて家にいないから。〉

カナーは、校門のコンクリートをじっと見つめていました。その視線は固定していましたが、足は落ち着きなく動いていました。わたしは、その爪先を目で追いながら、返事を待っていました。

その夜、わたしはひとりになってから、唾液の中を遊泳していく半透明の微生物の姿をずっと思い浮かべていました。

春になると、水漏れが起こりやすくなるものです。水道の蛇口をきつく締めても、水滴は落ち続けます。春になると水は重さを増すのでしょうか。更に力を入れて栓をひねると、血管が手の甲にちょうど地図の上の川のように枝分かれして広がり、皮膚が青紫色に痛み始めます。そうする間も水滴は落ち続け、陶器の白を打つリズムは少しも速度を緩めることがないのです。

〈水道の栓がだらしなくなってね、水がぽたぽた落ちて。〉

と母がこぼす相手は、父ではなく、いつも鷲谷でした。しかも、まるでそれが間接的にはわたしの責任なのだとでも言うように、母はこちらを恨めしそうに見るのでした。鷲谷は母の気持ちはよく理解できるというように、うなずくだけで、水道を修理しようとはしませんでした。

〈気をつけないと、大変なことになるかもしれないね。夜中に洪水とか。〉

鷲谷は無責任なことを言う時には、口元をだらしなくゆるめて、気持ちの良さそうな表情をするのでした。本人は気づいていたのかどうか分かりませんが、話している間、指先がペンチを使うような動きをしていました。鷲谷はペンチを使って壊れたものを修理するのが好きなのに、なぜ水道の栓だけは決して修理してくれないのか、わたしは不思議に思いましたが、水漏れについて鶯谷と話をするのが嫌で黙っていました。

水が漏れているのは、洗面所だけではありません。わたしの勉強机の前の窓も、屋根に壊れたところでもあるのでしょうか、春雨が降ると、ガラスに一センチくらいの幅の川が流れます。窓を締め忘れた日などは、高校から帰ってみると、机の上に水たまりができていて、ノートが波うっていました。その波の表面に、前夜、鉛筆で書きつけられた文字が黒々と躍っています。

〈外見は金のようでも、近づいて見れば、からっぽの影があるだけ。石灰を塗った墓石があるだけ。あの女はソドムのりんごと同じ。そんな女と結婚する男は、天国へは行きつけない。女は鋭い剣のように、男の身体と魂を切り裂く。〉

これはドイツ語の自由課題で、春休みにバッハのカンタータをひとつ翻訳した中の一節でした。水に濡れた文字で読むと、前日よりいっそう魅力的な歌詞に見えました。りんごが、影という空洞や石灰を塗った墓石の中をころころところがり、金貨のように光って見えてくるのでした。そこから、その金色が急に細長くなり、剣の輝きに変わって、いきなり切りつけてきます。

それは、雨上がりの早朝、学校に行くのに銀杏並木の下を歩いていると、ふいに落ちてきて頬を斜めに切りつける冷たい滴とも似ています。世界の中に漏れ込んでくる水は、止めようがないようです。わたしの身体の中からもまた毎日、様々な水がしたたり、ハンカチやチリ紙や下着やタオルを湿らせるのでした。

昔はまた海洋も、今の時代のように地図に載っている場所に留まっていることはなく、気まぐれに、あふれたり、町を呑み込んだり、移動したりしていたそうです。それを、主がある日、両手を振り上げて、制止しました。

〈ここまで来るがいい、しかし、これ以上前へ来てはいけない、誇り高き波よ。〉

海洋だけではなく、主は朝焼けにもあるべき場所を示したのだそうです。それ以来、朝焼けは、衣のように鮮やかな紅色で世界を縁取るようになったのだそうです。教会の孔雀先生が、そんな話をしてくれました。海の水が誇り高いということは、水にも心があるということです。そして、主は海を自分の手で創造したのではなく、ただ、この世の地形を決定したということです。つまり、誇り高い海や砂漠はもともと地上にあったもので、主が自分で生み出したのは、人や羊だけということです。〈主の門のところへ行って、主が人と羊とを創造されたことを感謝せよ。〉主は羊を生み、人を生んだのです。人と羊は、主の子宮の中で、同じ水の中に浮かんでいたのでしょうか。もともとは羊が浮かんでいた水に人が同居させてもらったのでしょうか。そのことを人が忘れないように、胎児を包む膜は羊膜、その内部を満たす液体は羊水と呼ばれるのかもしれません。

〈夜中にまだ陣痛もないのに、羊水が漏れ始めてきてしまってね、うちは医者でも産婦人科ではないからね、急いでタクシーに来てもらって。〉

と、母がわたしの生まれる時のことを話してくれました。タクシーとか病院とか、硬質身体から水が漏れてきてしまうという夢のような出来事の中で、母は、タクシーとか病院とか、硬質事務的な囲いの中でわたしを生み落とす場所を確保しなければならなかったのでした。腹の肉の中に埋まった電子計算機が、タクシーのメーターのようにちかちかと数字を光らせて、わたしの生まれてくる時間を計算しています。それに反抗するように、羊水が、いやだいやだとゆっくり揺れます。

主の身体からもまた、羊を生む時に、羊水が漏れてきたのでしょうか。それが今でも雨になって漏れ続けているのでしょうか。主に子宮があると考えるのは、なかなか難しいことでした。主は男であると聞いたわけではないのですが、とても女だとは思えませんでした。

でも、男性の身体からは液体が決して漏れないということではありません。例えば、カナーのくちびるは野球のグローブのように厚くしっかりしていて、身体の内部から何か見せたくないものをうっかり漏らしてしまうことなど決してないように見えましたが、それがわたしのくちびるに近づいてくると、遠くから弧を描いて近づいてくるボールでも捕らえようとするように少し開いて、それから濡れた陶器のような歯の輝きが厚みを増したかと思うと、滴になって乾いたくちびるの表面に現れるのでした。

〈目つむってよ。〉

とカナーが言ったのは、それを見られたくないからなのでしょう。目を閉じると、〈サタンに目をくらまされるな。〉

というカンタータの一節が聞こえてきました。目をくらます、というのは、強過ぎる光によって何も見えなくなるようにすることです。つまり、サタンは、まぶしいものを見せて眩惑するのです。光は、サタンの武器なのです。サタンは光が苦手なのではないかと思っていたわたしには意外な発見でした。

〈目つむってよ。〉

とカナーに言われ、わたしは目を閉じて、文字通り盲目になって、サタンのもたらした罪というのはこのことだろうと思うのでした。そうする間にも、カナーの身体からは液体が漏れ続けました。わたしの背中にまわした大きな手のひらから汗が泌み出して、ブラウスの生地を湿らせ、その下の肌を湿地帯にするのでした。剣で切られるような罪の感覚などは全く想像できませんでした。ただ、自分の身を清潔にしておかなければいけないという意識だけはありました。一口で言えば、漏れてきた液体は夜寝る前にきれいに洗い流し、心にはキズが残らないようにして、身体の中には菌など異物が残らないようにし、借金さえ作らなければ、誰とどんなことをしてもいい、というのが、わたしの心に家庭や学校で植えつけられた道徳観でした。もちろん、教会の孔雀先生は、もっと別の罪のことを伝えようとしていたのかもしれません。でも、孔雀先生は、いつも〈罪〉という言葉を早口でころがして通り過ぎるだけで、立ち止まって説明するということはほとんどありませんでした。

サタンが強い光で人の目を盲目にするというのは、どう考えても、あまり恐怖感を湧き起こらせる表現ではありません。なぜ、もっと効果的な表現を使わなかったのでしょう。例えば、目をえぐり出すとか。目をえぐり出す、というのは、まちがいなく恐ろしい表現です。わたしがまだ小学校にも上がっていなかった頃、鷲谷がわたしの耳にくちびるを当てて、急にこうささやいたことがありました。〈言うことときかないと、目をえぐり出してもらうよ。お宅のお父さんは眼医者さんだからね、そういう道具はここにいくらでもあるんだよ。ペンチとかね、大きなスプーンとかね。知っているだろう、お嬢さん。〉

鷲谷にそう言われてから、父の診察室にある眼球の模型に、嫌悪感を覚えるようになりました。目は、人間の顔の表面に少しだけ現れている時は可愛らしいのに、実は巨大な球が頭の中にふたつ埋め込まれているのだと思うと、ぞっとしました。しかも、血管が青黒く枝を伸ばした醜い球です。普段はそんなことは忘れているのですが、〈目をえぐる〉という表現を聞くと、眼球が球であることを思い出してしまうのでした。恐かったのは、目をえぐられることではなく、そういう醜い球が自分の頭の中にも埋め込まれているという事実だったのかもしれません。

〈目きれいだね。〉

とカナーに言われた瞬間、眼球の模型が思い浮かび、わたしはその醜い球をカナーに見られないようにと、まぶたを堅く閉じました。まぶたは、マンホールの蓋と同じです。中の下水が見えないように、蓋をするのです。すると、カナーは、それを合図と解釈して、くちびるを合わせてきました。ふたつのくちびるが出会って、お互いの中から漏れてくるものを、注意深く言い当てようとしました。

マリア様はイエスを生む前に罪を犯していた、と孔雀先生は言いました。だからこそ、イエスに血と肉を与える任務を果たすことで、マリア様が救われたことの意味が大きいのであり、マリア様自身を崇拝するのはおかしい、というわけです。なぜ、そんな話になったかと言うと、昔から教会に通っていた学生が、この春休みに初めて外国旅行に行って、マリア様のブロマイドをお土産に買ってきたからでした。大きさは郵便ハガキくらい、色彩が派手で、絵馬のようでもありました。

絵馬というのは、元来は、生きた馬をいけにえにして神々に願をかけたのを、いつからか、絵に描いた馬で代用するようになったものだそうです。すると、ブロマイドになったマリア様もそのようなもので、わたしたちは彼女を馬のようにいけにえにして、願いごとをかなえてもらうのでしょうか。

学生は、マリア様に恋をしているようでした。きれいだろう、やさしそうだろう、とまるで自分の姉の結婚式の写真でも見せるようにして、わたしたちに自慢するのでした。孔雀先生は、マリア様のことが好きではないようでした。

〈キリストは血と肉を持って生まれなければならなかった。そういう意味では、キリストは、マリア様というひとりの女の腹から、この世に出るしかなかったということです。それだけの理由でマリア様を崇拝するのはおかしい。マリア様信仰は、原始的な月神崇拝がキリスト教に忍び込んできたもので、日本で言えば、マリア様と観音様を混同するようなもので、間違いです。〉

〈どうして、キリストは血と肉が必要だったんですか。〉

〈そうでなければ、神の思想が、血と肉を持った者に理解されることがなかったからです。だから、人間の女がイエスを生むことは避けられなかった。でも、キリストには本当は神という父がいるだけで、母はいないと思った方がいいので

す。〉

と孔雀先生は、怒ったように言うのでした。

〈でも、先生だって、お母さんはいらっしゃるでしょう。そうでなかったら、悲しいでしょう。お母さんは、やっぱり大切ですよ。〉

学生は不満そうでした。

〈弟子たちも、結局、家族を捨てて、男だけの共同体に生きたんですよ。そこでは、イエスが本物の父親以上の父親で、母親も妻もいなかったのです。〉

〈つまり、女性はみんな罪人なんですね。〉

学生はそう言って、残念そうにマリア様を見つめるのでした。

〈そうとは言い切れません。原罪を認め、良妻であればいいのです。まして、マリア様のように聖人に血と肉を与えるという役割を果たした者は、罪人とは言えません。〉

自分の腹の中から出てくる聖人に血や肉を与えるというのは、おかしな発想です。それではまるで、生まれてくる子供は、母親の身体から切り取った〈おできき〉同様です。子供が両親から受け取るのは、血や肉そのものではなく、血や肉というアイデアなのだと生物の参考書には書いてありました。つまり、血というのはこういうもの、肉というのはこういうもの、という情報です。それを実際に作るのは、子供自身であって、血そのものには両親の血は一滴も混ざっていないのです。だから、血族という言葉は嘘です。また、子供の肉には、両親の肉から取った部分はないのです。だから、肉親という言葉も嘘です。

そう思うとさっぱりして、ただ洪水のように襲ってきた気持ちに任せて、カナーを抱き締めました。防波堤を作っても、やがて穴が開いて水が漏れ始め、穴は大きくなって、門のように開き、どっと流れてくる海の勢いのようなものがそこにはありました。自分は母親の血と肉を持つ者ではないし、将来子供を生んでその子供に血と肉を与える必要も全くないのだ、と思うと、身体が軽くなって、カナー、カナーと誰かが脳裏で呼ぶ声が、半音ずつずれながら高くなっていって、カンタータのように上昇し始めました。それは、わたし自身の声だったかもしれません。

〈罪を犯す者は、自分が悪魔。罪を犯す者は、自分が悪魔。なぜって、罪をもたらしたのは悪魔だから。〉

よく意味が分からないので、おかしな翻訳になってしまいましたが、これもカンタータの一節です。あくううううま、と悪魔という言葉が長く長く引き伸ばされ、その内部で多彩な音程が上下左右するのに身を任せていると、陶酔感と不安感に取り憑かれます。あくま。あく、くう、うま。開く、空、馬、大きく口を開いた宙、それがわたしです。いけにえにされる馬じゃない。いけにえにされて川に投げ込まれる馬。その馬ではなくて、川がわたし。ところが、そこに突然大きな影が現れて、川のように横たわるわたしの身体にワニのようにかぶさりました。網の中で、わたしの身体は水の中に沈んでいく馬の屍のように重くなりました。やっぱり、川ではなく、馬がわたし。

〈おまえの性器を祝福し、そこを通って出る者たちの姿を、天の星、浜の砂粒ほどの数にしてやろう、主の声に耳を傾ける従順な耳のようであれば、その性器は祝福されるであろう。〉

驚いているうちに、わたしの身体は門になりました。その門を通って、聖人たちが行進していきます。彼らは上半身は武装していますが、下半身は裸です。わたしは、その行列を押しつぶすように、身体を石のようにまるめて、猫のような声で泣き始めました。

〈どうかしたの。〉

　カナーは、わたしの肩を揺すぶりました。

〈大げさだな。何もしていないのに急に。まるで、悪いことでもしたみたいじゃないか。迷惑だよ。〉

　その頃、わたしは夜尿症にかかり、神経科の病院へ通い始めました。子供の頃にはすぐにおむつが取れたのに、高校生になって急に、睡眠中、アンモニア臭い液体に背中と尻を浸されることになったのです。いくら深く眠っていても、大人の身体はコントロールされているから、そういうことはないはずだと、女医は言うのでした。女医は父の知人で、カケス先生という名前でした。わたしは、この頃、睡眠中に、自分の一部が鳥のようにどこか遠くへ飛び去ってしまって、残りの自分が置き去りにされるような気がしていたのでしたが、それをカケス先生に話す勇気はありませんでした。置き去りにされた身体は、物になってしまうのではなく、自分勝手な欲望から涙を流したり、尿を流したりしてしまうのです。とまれ、ここまでは来てもいいが、それ以上来てはいけない、と命令する者が不在なのです。

　最近何か衝撃的なことがあったのではないか、と聞かれて、わたしはためらいがちに、カナーのことを話しました。

〈つまり、妊娠するのが恐ろしいのですね。〉

〈聖人を生むのが嫌なんです。わたしはマリア様にはなりたくない。わたしは、自分が聖人になりたいんです。〉

　その時、イエスも、マリア様の子宮の門を通って、この世に生まれてきたのだと気がつきました。イエスは、いくら血と肉を獲得するためとは言っても、そういう湿った粘膜の門を潜って出るのは、とても嫌だったに違いありません。だから、その門のことを忘れるために、別の門を作ったのかも知れません。それは、孔雀先生が話して聞かせてくれる門のことです。たとえば、天国に入るための門。礼拝堂の門。信者の町の門。門の中では正義が行われ、門の外には悪がはびこっています。異教徒が襲撃してきて、壊そうとする門、それは、勝手に暴れ狂う海の吐き出す洪水、異教徒の槍の輝きから、我が身を守ってくれる門です。

　暖かい湿り気と悪臭の中で目を覚ます時、わたしの身体は布団の中に沈んでいってしまいそうになります。肉が夜は重くなっているのです。飛び立った鳥があわてて舞い戻ってきます。目を覚ますためです。でももう遅すぎます。わたしを洪水から守ってくれる門はなく、それどころか、わたし自身が洪水を起こしているのです。誰かが、わたしをわたしという洪水の中に沈めようとしています。

〈夜、どんな夢を見たか、覚えていますか。〉

〈夢ではありませんが、身体の一部が鳥になって、どこかへ行ってきたような感じが朝残っています。〉

〈どこへ行ってきたのですか。〉

〈からっぽの影の中のようなところです。〉

〈自分の身体が嫌いで、こんな身体捨ててしまいたい、捨ててどこかへ行ってしまいたいと思っていますか。〉

〈いいえ。〉

〈自分の身体で、嫌いな部分は、例えばどこですか。〉

こんなおかしな問答をしに、毎週一度、通院しました。もちろん、普通の親は神経科に子供を通わせたりはしないので、これは医者である父がその頃精神医学に興味を持ち始めていたという理由が大きかったのだと思います。できれば、自分が通いたいと言ったこともありました。父は普段はおとなしく、変わった発言はしないのに、何かのはずみで妙な言葉が口から漏れてしまうことがありました。〈身体の外側でも中側でもない、誰にも触れられない部分に触れるかもしれないんだよ。ああいうお医者さんは。うらやましいねえ。〉

　わたしが重症だったとは思えません。父が絶対通うべきだと主張したのは、おそらく、本当は自分が通いたかったからです。ふいに飛び込み自殺がしたくなるとか、家族に暴力をふるうという症状は、わたしには全くありませんでしたが、ただ、夜尿が止まないのと、急に理由もなく涙が流れてくることがあるのとが主な症状でした。また、人に話しかけられても、しばらく目が空洞のままで、反応がないのだそうです。それは自分では気がつきませんでした。自分では、それほど長いこと黙っているようには思えなかったのです。時間の流れ方に時々ゆがみが出てきたのかもしれません。人のくちびるを長いこと見つめ過ぎていたのかもしれません。わたしは、そこから唾液が少しでも泌み出してくるのを見るまでは、目が離せないことがありました。言葉だけが出てきても、何か足りない気がして、意味がよくつかめず、待っていたのです。それから、急に意味もなく笑い出したりするのが不気味だと言われました。でも、わたしは意味もなく笑ったことなどありません。ただ、本当に不自然な文章に出会うと、吹き出してしまうことばかりでした。例えば、門で始まって、門で終わる文章などです。モンくばっかりいっているんだモン。モンぺみたいなださいのはくのいやだモン。これらの文章です。

わたしは病気ではありませんでした。ただ、夜に自分の身体の鳥ではない部分が、仮死状態のようになるので、いろいろ困ったことが起こったわけです。それから、年齢が年齢なので、身体に変調が起こっていたのでしょう。ある種の食べ物を受け付けなくなっていました。例えば、真っ赤に熟れたトマトの果肉や、半熟卵の黄身のようなものです。だからと言って、拒食症になっていったわけではありません。体重はむしろ増え続け、腕や腿がこれまでなかった重量感を持って張りつめました。わたしは、自分の肉が重くなっていくのがとても嫌でした。それでも、食べ始めると止められない食物もありました。ニボシや干しイカ、塩せんべい、アスパラガスなどです。

カケス先生は当然ながら、わたしが妊娠しているのではないかとも一度は疑ったようです。でも、そんなことはありませんでした。

〈妊娠なんてしていません。想像妊娠もしていません。そういう感覚は、昔あったけれど、今はもうありません。わたしは、聖人を生みたくないだけです。ああ、生みたくない。生みたくない。〉

〈教会の先生にも一度同伴してもらってください。わたしはそういう宗教論的なことを言われても困りますから。〉

孔雀先生は、事情を聞くと驚いて、もちろんすぐ次の週にいっしょに来てくれました。孔雀先生は、人の助けになることならば、すぐ実行に移す人でした。

〈聖人を生むのは、絶対に嫌です。〉

わたしがそう言うと、誇大妄想、という言葉が、孔雀先生の口から漏れました。自分が真のキリストを生むのだと、まるでモノに取り憑かれたように言いふらす女性が、信者の中から現れることは、どの国にもどの時代にも、よくあったのだそうです。でも、わたしは聖人を生むと言ったのではありません。聖人を生みたくない、と言ったのです。なぜなら、自分自身が聖人になった時、夫や息子は邪魔になるからです。時間を取られるから邪魔になるのではありません。彼らが現れた途端に、わたしの身体が門に変身してしまうからです。

〈立派な身体は門のようなものではないのですか。〉

と孔雀先生に言われて、わたしは、違う、違うと、激しく首を左右に振りました。

〈だったら、身体がなくなってしまったらいいと思いますか。〉

とカケス先生に聞かれて、わたしはまた首を横に振りました。

〈違う、違う、全然違う身体が欲しい。それを捜しに、旅に出ます。それがなければ、わたしは尿と涙の中で、溺死してしまう。旅に出て、聖人になってみせます。〉

誇大妄想という言葉が、また、孔雀先生の口から出ました。女性が宗教界で権力への野心を抱くと大変なことが起こるそうです。そのいい例が、イザベルだそうです。イザベルの話は、あまりに残酷であるし、これを教訓としなければならないような信者にはまだ出会ったことがないので、孔雀先生は話したことはないけれど、イザベルの話は一度聞いたら到底忘れられるものではないということです。

イエスがその門をくぐって、町に入ってきました。弟子たちが、それに続いてぞろぞろと入ってきます。みんな門をくぐって入ってきます。すると、ある家の二階の窓が開いて、紅でくちびるを血の色に染め、目のまわりにサタンの影を塗り込み、薬草から取った香水をふりかけ、大きなガウンを裸体にひっかけたイザベルが何か、失礼なことをイエスに向かって叫びます。あんた門の中へは入らないで、と叫んだのかもしれません。ここはあたしの門の中なんだから、勝手に入らないで。

イエスが海の波に向かって言った言葉が、今度はイザベルの口からイエスに向かって投げかけられたのです。ここまでは来てもいいが、ここから先に進んではいけない、誇り高きイエスよ。

イザベルの背後にその時、何者かが現れます。それが誰であったのかは、今でも分かっていません。その人物が、イザベルの背中を強く押して、窓から突き落とします。イザベルは、道に落ち、身体を叩き付けられて、死んでしまいます。その死体を拾いに親族が到着した時には、すでに頭蓋骨と手足以外は残っていません。犬に食われてしまったのです。それが、イザベルにふさわしい埋葬のされ方だと、イエスは後に断言したのでした。

イザベルが生前どんな女だったかということについては、いろいろな言い伝えがあります。例えば、イザベルは巫女のように、自分の心から出たものではない言葉をしゃべることができたそうです。死んだ母親と話がしたいと言ってイザベルに頼むと、イザベルは地下室にこもって、闇の中で死んだ母親の声で話すことができたそうです。その時、イザベルの口から小さな火花が散ることがあったそうです。また、イザベルがふさふさとした髪の中に小さな黄色い悪魔を隠していて、それが声色を使うのだと言う者もいました。イザベルについては、他にもいろいろな噂があって、もしその噂を全部集めてリストを作ったとしたら、それは当時の人々の性的空想を網羅したリストと同じ長さになるだろうということでした。このことは、孔雀先生が話してくれたのではありません。わたしが図書館で借りた『イザベル』という小説に書いてあったのです。人々の噂によれば、例えばイザベルは、サタンと性交することが時々あり、そのために、身体の門の数が人よりひとつ多かったのだそうです。サタンの精液は氷のように冷たく、それに触れると普通はすぐ死んでしまうのだそうです。サタンと交わりながら死なないのは、肉ではない物でできた血の通わない門を体内に持った女だけだと人々は信じていました。小説の中のイザベルは、窓から突き落とされたのではなく、真っ赤に焼いた鉄の靴を履かされて、その靴を熱いうちに鎚治屋の金鎚で叩きつぶされて、鉄と肉とがいっしょになった足で死んでいきました。なぜイザベルの足がつぶされなければならなかったのでしょうか。わたしは足を刑罰の対象として考えたことはありませんでした。この話を読んで初めて、足がひどく無防備で頼りないものに感じられてきました。

孔雀先生は、人が殺される話はたとえそれが聖書に出てくる話でも大嫌いなので、窓からイザベルが突き落とされる場面はなるべく駆け足で通り過ぎ、すぐに結論に移ってしまいました。怪しげな妖術を使って人々の心を誘惑して暮らす女は、聖人の真の敵であるというのが結論です。金に目のくらんだ商人や貧しい売春婦なら、悔い改めれば許されることはあっても、イザベルのような女は決して許されることがないということです。

わたしは、自分がイザベルのようになりたいとは思いませんでした。わたし自身は、逆にイザベルは身体の肉が人の倍も重く熱い女に違いないと思いました。

白樺のような聖人になりたいと思っていました。でも、イザベルに出会ってみたいという願いは、時々熱い靴のようにわたしの足を包み、そうするとじっと勉強部屋にすわっていることができなくなりました。窓の外を見ると、曲がり角ばかりが目につきます。その向こうに人が立っているような気がするのです。紅でくちびるを血の色に染め、目のまわりにサタンの影を塗り込み、薬草から取った香水をふりかけ、大きなガウンを裸体にひっかけたイザベルが、そこに立っているような気がするのです。

〈散歩に行ってくるから。〉

そう言って、母の心配そうな顔を見ないですむように振り返らずに、家を飛び出しました。母は、カナーの話もカケス先生から聞いて知っていたのでしょう。また、わたしが夢遊病者のように町を歩いているのを目にしたのかもしれません。わたしが夕方ひとり散歩に出ると、ひどく心配するのでした。

一度歩き始めると、次に見える曲がり角ばかりが目について、あそこまで行けば誰か立っているかもしれないと必ず思うのでした。自分でも馬鹿馬鹿しいと思いながらも、今度こそ今度こそと思っているうちに、止まることができなくなるのでした。イザベルなどいるはずがないのです。

ところがある日、豆腐屋の角を曲がると、そこに本当にイザベルが立っていたのでした。

わたしの目の前に現れたのは、近くの市民図書館で働いている女性でした。年は四十歳くらいだったでしょうか。貸し出しカウンターのところに立って、よく独り言を言っている人です。この女性についてはいろいろ噂がありましたが、意味の分かりにくい比喩やほのめかしが多く、結局この人のどこがそんなに変わっているのか、わたしには全く分かりませんでした。わたしの両親にとっては、この図書館の職員をめぐる噂はあまりにも卑しいので、誰々がこういう噂をしているがそういう噂はくだらない、というように噂を広げる人間を非難するという間接的な形でしか彼女の話は出ないのでした。例えば、金物屋の主人が自分の客が何をどういう目的で買っていったかということについて勝手に空想して喜んでいるのは感心できない、あの職員が豆粒くらいの風鈴を買って下着につけているというのも、ありえない話だ、などと父は母に言うのでした。灰色のスーツに身を包み、眼鏡の奥の黒目に微笑も湿り気も見せない本人を目の前にして、こういう噂を思い出すことはまずありませんでした。図書館の外に出て銀杏の木の下まで来た瞬間、ああ、あの人が豆の風鈴の人かとやっと思い出したりするのでした。生ぬるい風がためらいがちに襟足を這うようなある春の日のことです。わたしは、人影のない図書館で、イザベルのような女性の登場する物語がないかと狭い本棚の間を行き来して捜していました。それは、夢に出てくる細い路地のようで、塀の中から人買いが手を出しそうでした。しばらくうろうろしていると、この人が近づいてきて、何を捜しているのかと尋ねました。わたしが首をすくめて、そのまま何も答えずに立っていると、この人はわたしの肩にくっついていた毛玉をカラスのくちばしのような指先で取り除きました。身体が触ったので、わたしははっと言葉に呼び戻されました。

〈イザベルの、聖書に出てくるイザベルのような、そういう人の出てくる小説なんかありますか。〉

わたしは、しまった、もう遅い、という思いに意識をはたっと叩かれました。イザベルにこれほど関心があるということは誰にも話さずにいるつもりだったのです。彼女は驚きも聞き返しもせずに、本棚の表面に視線をすべらせながら、カニのように横歩きを始めていました。少しすると、わたしに二、三冊の本を手渡しました。有能な職員という言葉が浮かびました。それはどんなことを聞かれても、すぐに答えになる本を見つけることができるということなのでしょう。わたしのしたような突飛な質問さえも彼女を動揺させなかったというのは驚くべきことです。それは、イザベルとは直接関係がなかったのかもしれません。たとえわたしがアフリカで一番身体の小さい齧歯類《げっしるい》についての本を読みたい、と言ったとしても彼女は同じ素早さで本を見つけてくれるのかもしれません。でも、彼女がイザベルと関係の深い本をわたしに手渡した瞬間、わたしの中でこの図書館員とイザベルが重なり、わたしはこの女性こそがイザベルの生まれ変わりなのだと思い込んでしまったのでした。

本の中に登場するイザベルは、あの図書館員とは全く似ていないのでした。本の中のイザベルは身体の肉が人の倍も重く熱い女でした。図書館員はメザシのように痩せて、眼鏡のフレームと顔の肌が同じ材質でできていそうな女性でした。でも、もし重く熱い肉が灰色のスーツに身を包んだら、どうなるでしょう。あの図書館員のように、何もしなくても人の想像力を刺激し、ウイルスのように噂をはびこらせることになるのではないでしょうか。かつて記憶の中に、夢の中に、食い入った暴力が、出口を捜して現れるのではないでしょうか。

借りてきた本を、わたしは深夜に首を突っ込んで、むさぼるように読みました。

卓上ランプをスカーフで囲んで光が部屋のドアの隙間から外へ漏れないようにしました。あまり夜遅くまで読書していると父が心配して部屋に入ってきて、何を読んでいるのか尋ねるかもしれなかったからです。イザベルのことは秘密にしておきたかったのです。誰にも話さずに深めれば、直接何かに触れるというような奇跡が起こりそうな気がしました。その時、図書館のイザベルはわたしの共犯です。

何か答えでも捜すように視線を先へ先へ暴力的に押して読みました。特に最後に読んだ本の中に、神がイザベルのような女性に直接語りかける章があり、わたしはすぐに本を閉じて、どこかへ駆けていきたくなりました。神、と気軽に呼びながら何のイメージも持っていなかったそれが、急に男の顔をして現れました。〈おまえが生まれた時はどうだったか話してやろうか。おまえの胸が痛んでわたしのそれと同じくらい苦しくなるように、あの時の話をしてやろう。おまえの臍の緒は、生まれてすぐには切られなかった。おまえは腹から紐を垂らして、砂浜にころがっていたのだ。誰も母親を助けてやる者がいなかったし、母親は死ぬつもりでいたからだ。おまえの身体を洗ってやる者もいなかった。母親は、海岸で急に襲ってきた深夜の出産という怪物に自分が殺されなかったことに気づくと、ほっとして、おまえを置いて逃げてしまった。自分さえ助かればそれでいいと思ったのだ。出産という汚れを水で洗い流すことも、塩を肌にすり込んで清めることもなく、おむつさえしてやらなかった。誰ひとりおまえに同情する者はなく、おまえは投げ捨てられた。しかし、わたしは血塗れのおまえに近づいていって、こう言ったのだ。おまえは生きるべきだ、と。するとおまえは、畑の土から野菜の芽が伸びるように成長した。胸が大きく膨れ、髪が長く伸びたが、身体は裸のままだった。わたしは婚約の時期がすでに来たことを悟り、おまえの身体をマントでくるみ、その身体を誓いの言葉で縛った。それから、わたしはおまえの身体から血を洗い流し、その身体に油を塗った。色彩の激しい衣を着せ、生き物の様に軟らかい皮でできた靴を履かせた。足の小指だけは切り取っておいた。そうしないと女は逃げてしまう。絹のベールをかぶせて、金の輪を頭に載せてそれを留めた。耳たぶや鼻や手首や胸の肉に穴を開けて装飾品を着け、首に鎖を着けた。おまえは上等の小麦粉とハチミツと油だけを食べて、肌が破れそうに美しくなっていった。そしておまえはその美しさ故、町の人間たちの間で有名になった。道という道がおまえの足元にたどりつこうとしたために、その道を通る男たちはみんなおまえの足元にたどりつく結果となった。おまえは自分の脱いだ衣の色彩で寝床を飾り、それまではこの世に存在しなかったような淫らなふるまいを自分の頭で考え出した。それはわたしが人間に与えたものでは決してない。おまえ自身の頭の中から出たものなのである。おまえは通りがかりの男たちだけでは気がすまず、自分の腕輪や足輪をはずして、それを人間の形にゆがめ、その偶像たちと淫らなことをした。それから、わたしが与えた衣で偶像を包み、高価な油を振りかけて祈った。そうして、おまえは勝手に自分の頭で考えて、自分の宗教を作ってしまった。それだけではない。おまえは、町中のあらゆる十字路に小屋を建てさせ、その一軒一軒をまるでそれが礼拝堂であるかのように巡回し、信者に自分の身体を見せてまわった。小屋の前を通る者なら誰でも、おまえは喜んで膝を開いて迎えた。高価な衣や油に金を注ぎ込み、おまえの腕の中に宿泊する者たちから金を取るのではなく、彼らに金を与えた。だからおまえは売春婦でさえない。わたしという夫がありながら、おまえは愛人たちの目に自分の生殖器や舌の裏側を見せた。恐ろしい偶像をいくつも作り、それを生まれてきた子供たちの血で洗った。子供たちはおまえから受けた血を流しながら、おまえそっくりになっていった。だから今ここにおまえの膝のにおいを嗅いだことのある恋人たち、おまえに想いを寄せる者たちを全部集めて、憤怒と激怒の波がおまえの身体にふりかかるように、おまえを処刑しよう。夫を裏切った妻たちがかつて処刑されたのと同じ伝統的なやり方で。しかしおまえの恋人たちは集まって会議を開き、おまえが処刑される前に、おまえの家に火を付けるだろう。彼らはわたしよりもせっかちな怒りに追い詰められているのだ。おまえの身体にひとりひとりがナイフで名前を刻み込んでいくだろう。ナイフは錆びていてその刃は鈍いが、ナイフを握り締める手のひらの怒りは深い。おまえが生まれて捨てられていた時に、わたしはおまえを助けてやった。なぜそのことを忘れてしまったのだ。なぜ、偶像を拝み始めたのだ。〉

わたしは、これを読んで身震いしました。わたしにも似たような経験があるような気さえしたのです。そんなはずはないのですが、または、図書館員イザベルがこれと同じことを体験したのかもしれません。だから、すぐにこの本を見つけることができたのかもしれません。または、これはいつもどこかで起こっている平凡な事件なのかもしれません。ただその男の名前が〈神〉と書いてあったので、わたしはうろたえたのです。もしもそれが神なら、その暴力はわたしたちの肉に刻み込まれていて、燃やしてしまうことも、絞り出すこともできないはずです。そして、その傷が他人の目を刺激して、更に苦しめたいという気にさせるかもしれないのです。切り傷を見れば、その傷を上からもう一度切ってみたいと思うのが人情です。あざを見れば、そこを殴ってしまうのが人間というものです。

わたしは本を返しに図書館へ出掛けて行きました。わざと人の少ない昼の時間に出掛けて行きました。春休みがすでに始まっていました。期末試験も受験も終わって、図書館は人の足音ひとつ聞こえません。受付にひとりすわっているイザベルと目が合い、わたしは唾を吞んで言いました。

〈全部、読みました。〉

〈おもしろかったの？〉

〈はい。もっと読みたいけど、もうないでしょうね。〉

イザベルは急に意地の悪そうな表情を浮かべて立ち上がり、本を捜し始めました。次にわたしの顔を見た時には、意地悪さは完全に消えて、熱心な教育者の顔になっていました。もしもこの人に暴力が与えられたのだとしたら、それはどこへ行って終わったのだろう。それは奇妙な噂という形で、人の会話に浮かび上がってくるのだろうか。それに、自分はなぜそんなことを考えるのだろう。だろうか、だろうか、と国語の論説文でも書かされているような形で畳みかけるように問いが湧いてくるのでした。

〈あんた受験生じゃないの。〉

〈違います。〉

〈読書が好きで図書館に来てるのね。〉

答えるうちに顔が火照ってきました。すると口調が乱暴になり、わたしはまるでイザベルに腹をたてているような気分になってきました。

〈本がそんなに好きなの。〉

〈はい。〉

〈イザベルに本当に関心があるの。〉

〈はい。〉

〈だったら今度うちに来なさい。うちにたくさん本があるから。〉

イザベルの話し方は教師のように折り目正しいようでありながら、安物の下着の縁飾りのようでもありました。

本を借りに家に来なさい、と人に言われたのは初めてでした。イザベルに住所と手書きの地図を手渡されて、わたしは次の月曜日の午後、ケーキを買って訪ねて行きました。月曜日は、図書館の定休日でした。純粋な小麦とハチミツを食べて畑の中から植物のように成長した小説の中のイザベルのことを考えると、ケーキに載ったサクランボウの人工着色料の赤も、チョコレートの茶色も、場違いなものに思え、特に箱に付けられたリボンのピンクが気持ちをいらだたせ、わたしはそれをバスの中でむしりとってしまいました。バスにゆられていくうちに、生クリームの渦が箱の中で崩れていくのが感じられました。バスの停留所を降りて、初めて見る路地を入り、地図の通りに歩いていくと、イザベルが印を付けた場所には、アパートなど建ってはおらず、空き地があるだけでした。オオバコが一面に生えていて、そこに空の缶詰などが落ちていました。犬の餌の缶詰です。わたしは、バス停までもどってバス停の名前を確かめ、もう一度同じ道をたどってみましたが、結果は同じでした。そこにちょうど現れた買物かごをさげた婦人に地

図を見せて尋ねても、
〈間違ったのよ、きっと。間違えでしょう。〉
という答えが返ってくるだけで、地図が間違っているのか、何が間違っているのか、どうすればいいのか分からないのでした。わたしは立ち止まったまま、小さな子供のように目に涙を浮かべ、これと同じことが前にもあったと思うのでした。同時に、それはわたしに生まれて初めてつきつけられた難題のようでもありました。呼び寄せられて理由もなく空き地に立たされたわたしは、自分の体型が急に腹立たしく感じられました。腿が太すぎ、胸が左右アンバランスで、肌ばかりオレンジ色に光って見えたのです。しゃっくりのように込み上げてくる怒りにも、はっきりしたリズムを見つけることができないまま、気を苛立たせるばかりでした。からかわれた、と思っても、理由が分からないので、一度集中した怒りがまた拡散してしまうのでした。とにかくイザベルを訪ねてみたいと思った自分が恥ずかしくなりました。イザベルがケーキに指を差し入れて、すくいとったクリームをわたしの顔に塗りつけて笑っているところが思い浮かびました。それからイザベルは、クリームをわたしの首や乳首にまで塗り付け、いけにえでも見るような目でじっと見ているのでした。いったいどのような暴力がイザベルの身体を通して、わたしの中に伝わってくるのでしょう。わたしの中にある、いつか加えられた暴力が勝手に反復運動をしているだけなのかもしれません。人に加えられた暴力について知った時から、それが何かの道を通って自分に伝えられてくるはずだと思うようになっていました。それは避けることのできないもので、ただ目をはっきり開けてそれがどうやって来るのか見極めなければいけないと思うのでした。そうしないと意識ごと呑み込まれて、あとにはぼろぼろになったカカシのような記憶が取り残されるだけなのです。口もきけずに。

そのうち、あきらめて、ケーキをその空き地に置いて、家に帰りました。ぽつんと置かれた頼りないケーキの箱もまたいけにえのようなものでした。ドアを開けた瞬間、〈ちょっとおかしくなってしまったんですって〉と母がささやく声が居間から聞こえました。わたしが居間へ入っていくと、父が何かの薬品の話をしていました。わたしが入っていったから、あわてて話題を変えたに違いありません。おかしくなった、というのはイザベルのことかもしれないと、わたしは思いました。ふたりは、イザベルの噂をしていたのに違いありません。わたしがどこへ出掛けたのかは知らないはずなのに、家ではイザベルの噂をしているというのは不思議なことでした。

翌日、図書館に行くと、イザベルは受付のところで目の下に隈を作って、不機嫌そうにすわっていました。余計なことを言うと許さない、とでも言いたげに身構えているように見え、わたしは勇気を失って、そのまま前を通り過ぎていこうとしました。

〈ちょっと待ちなさいよ。〉

イザベルがわたしを呼び止めました。

〈何でも口にしなければ、それで解決したと思っているの?〉

カウンターのスタンプ台がいやに大きく傾いて見えました。

〈じゃあ、どうして家がなかったんですか。〉

わたしは、涙が出るかもしれないという予感がしました。これで鼻をかめと言うようにイザベルはメモ用紙を引きちぎって、わたしに手渡しました。気がつくと、わたしはやっぱり泣いていました。しかも、メモ用紙には地図が書いてありました。昨日のとは全く違った地図です。

〈明日の晩に来なさい。〉

〈行かれないかも知れません。〉

〈それなら来るのはやめなさい。〉

　本を借りることもせずに、そのままメモ用紙を握って家に帰りました。その頃わたしは他の女の子たちと同じように、期末試験が近づくと、ぬいぐるみやゴム製の人形などを勉強机の上に砦のように並べました。これが、不幸から身を守ってくれると言うことの意味なのかもしれません。試験が終わって春休みに入ってからも、わたしはその人形を立てたままでいました。ひょっとしたら、こういうのを偶像と言うのかもしれません。イザベルもまたこれと似たことをして、怒りをかったのでしょうか。

　翌日の晩、わたしはわざわざ調べておいた映画の名前を母に告げて出掛けました。まさかイザベルのところに行くとは言えませんでした。他に普通の友達がたくさんいるのに、なぜそのような正常でない大人のところへ行くのか、と母は言うに違いないのです。でも、わたしは、この年齢ですでに、人には話せないものだけが自分をひきつけることに気づいていました。クラスの友達とは共通の話題がありませんでした。教師の噂などして笑うのにもすぐに飽きてしまいます。子宮の皮がぴくっと動くような、脳のどこかに開いた穴が手のひらに一瞬感じられるような、目まいがするような、そういう感覚を話し合える友達はクラスにはいませんでした。みんなが結婚の準備のような夢をすでに固め始めている中で、わたしは振動する何かへの逃げ路を捜していました。

わたしは地図に従ってイザベルの家を捜しました。今度は手みやげなしでした。またださまされるのかもしれない、こうなったら、いくらでもだまされてみよう、三度目には何か起こるかもしれない、とわたしは気楽に考えようとしました。

この日、イザベルの家へ行く途中、嫌なことがありました。二両編成の電車を降りると自動改札の向こう側に髪の毛の乾いた三十歳前後の女性が立っていました。わたしの肩に両手ですがるような動作をしながら、しきりと何か言うのですが、聞きとれません。口の中には大きすぎる空洞がぽっかり開いていて、その闇の色は血の赤が黒に限りなく近づいていった時の色でした。

〈わたしたちは、職場や地域社会で仲間はずれにされた女性を儀式のいけにえとして葬る制度に反対し、抗議のため自分の舌を一部切り取った者たちです。〉

そう書かれたボール紙をビニールの手提げ袋から出して、その女性はわたしの胃のあたりに突きつけました。わたしは横へ身体をそらして逃げる格好になりましたが、一部を切り取られてねじれた舌のイメージがわたしの足を絡ませました。わたしはつまずき、信じられないことですが、ころんで地面に両手を突いてしまいました。立ち上がった時には、ボール紙の上に別の用紙が載っていました。そこには、署名を集めています、と書いてありました。

〈いったい何のことを言っているのですか。〉

わたしは苛立って乱暴に言い返しました。相手が口がきけないということで、遠慮する気持ちや同情心は起こらず、むしろ攻撃的にさせられてしまいました。その女性は触れるでもなく触れないでもない指をわたしの肩のあたりに這わせながら、何かしゃべり続けました。意味は理解できません。ただ説得の口調だけが迫ってきました。いつかこの人を襲った暴力があって、それが今この人を通して、わたしに襲いかかろうとしているのだと思い、逃げようとしたのですが、そのあやふやな哀願とも強制ともつかない指の動きがわたしを逃がさないのでした。

〈人の家に行く約束があって、急いでいるんですけど。〉

その人はわたしに無理にボールペンを握らせ、名前と住所を書かせました。架空の名前を書こうかと思ったその頭に架空の名前などひとつも浮かびませんでした。

やっと解放されて地図を片手にイザベルの家を見つけた時にはむしろほっとしました。イザベルに投射されていた恐ろしい影がさっきの署名を集めていた女に移行し、イザベルがごく当り前の信頼できる図書館員に見えました。性器の形をした偶像が置いてあったり、酢や血液の臭いがするということもありませんでした。普通の緑茶が四角いお盆に載って出てきました。

イザベルの本棚には隙間なく本が詰まっていました。でも、本屋に並んでいるような本はほとんどありません。黄土色のやわらかそうな紙、変色した茶色い表紙。その合間に、メモ用紙や色褪せたパンフレットをホッチキスで留めたものなどが差し込んでありました。黄色やオレンジの挿し絵がくすんで、秋の草の色に近づいていました。古本屋でしか見かけないようなヒゲのついた活字もあり、また、アルファベットではない外国語の文字の本もありました。

わたしは家の中を見回しましたが、本以外、目に付くものは何もありませんでした。自宅に帰った人間が示す親しみやくつろぎもイザベルにはなく、わたしは少し寂しく思いました。イザベルは自宅でも図書館員なのでした。テーブルの上に積み上げられた八冊の本をわたしがバッグに入れている間も、イザベルは乾いた目でわたしの指の動きを観察しているだけでした。

　帰りの電車の中で、わたしはある経験をしました。まず目に入ったのは、栗のイガのような髪の毛でした。離れていたので、初めはあまりよく見えませんでした。悪魔がいる、とわたしは直感しました。悪魔は、小学校の六年生くらいの男の子の姿形をしていました。そこにすわっている若い勤め人風の女性に何かしきりと話しかけています。その女性の声がだんだん大きくなっていきます。

〈あんたみたいな子はね、感化院行きが決まっているんだからね。〉

　少年は、ねばねばしたからかいの言葉を繰り返しながら、手に持っている自分の背丈くらいもある棒で、その女性の膝のあたりをつついています。女性は立ち上がって、手を振り上げました。少年は全くひるまずに、ふざけてフェンシングでもするような動作を始めました。

〈やめなさい。馬鹿なことをするのは。後悔するわよ。〉

と女性が声を高めて叱りつけました。後悔という言葉は随分間が抜けて聞こえました。後悔などするはずがないのです。

〈やめなさい。〉

向かいにすわっていた着物姿の年配の女が注意すると、少年は今度は矛先をそちらへ向けました。最初の犠牲者はほっとして腰をおろしました。

〈うるさいな、入れ歯はずして、ひっこんでろ。〉

少年は卑猥な言葉を次々投げつけて、その女性をだまらせてしまいました。それから、少年は、腿をゴム管のようにくねらせて笑いました。その動きは陰性の悪意を放ち、大人じみていました。今にも性器を外に出して、年配の女性の着物に液体を振りまくのではないかと思わせるほどの勢いです。以前そういう男を見たことがありました。でもそれは何十年も仲間に虐待され続けた顔の男であって、もちろん子供ではありませんでした。わたしは改めて少年の顔を見ましたが、あどけなさの度合いも、背丈も、声の高さも、ひげの予感さえない幼い肌も、十二歳以上の子供のものとは思えませんでした。もし本当に性器を目の前に突き出されても、着物の女性は笑いむせぶしかないはずなのです。力だって、弱そうです。

それなのに、言葉と棒だけを使った演出で、車内全体が凍りつくようにしてしまうのだから、少年は悪魔であるに違いありません。少年は、床をその棒で乱暴に叩きながら、わたしの方へ少しずつ近づいてきます。電車はすいていました。少年は夢中で漫画を読み耽っているふりをしている私立中学校の制服を着た女の子の前で立ち止まると、漫画の表紙を棒でつつきました。女の子は小さな声で、〈やめて〉というようなことを言いました。女の子の胸はもう豊かにふくれていて、少年の貧弱な腰とは対象的でした。でも、その胸のたくましさが、かえって弱みのように見えるのは棒のせいでした。言葉のせいかもしれません。女の子は決して汚い言葉を口にしないようにして育ったので、汚い言葉を耳にしただけで、頭の中で何かが壊れて、涙が出てしまうのです。

悪魔に違いない、とわたしは興奮して考えました。これはよく見ておかなければ。悪魔を見るのは初めてでした。電車が停車し、乗っていた女たちはみんな、さりげなく降りてしまいました。わたしは降りたい気持ちを押さえて、少年の顔を見ました。あのように醜い言葉は人間ならばすぐに肌に感染して顔を醜くするはずなのです。それなのに、少年はガラス玉の目とイチゴの唇をして、無邪気に微笑んでいました。少年は、他に人がいなくなってしまったので、わたしの方へ近づいてきました。わたしは、自分が見ているものと、見ているという事実にだけ全神経を集中しました。すると自分というようなものがなくなっていきました。少年は、わたしの目の中に釣り糸を垂らして、怒りの魚をひっかけようとしました。

〈何じろじろ見てるんだよ、スケベ女。みっともない服着て、電車に乗るんじゃないよ。ちゃんと婦人雑誌くらい読みな。発育不全の胸に効く薬の広告も載ってるよ。〉

わたしの中から暴力を引きずり出そうとする言葉は、それを映す鏡がなければすぐに空中分解してしまうのでした。わたしは、耳に入ってくる声と耳を澄ましているという事実だけに神経を集中しました。自分というものが全く感じられなくなってしまいました。少年は思いつく限り卑猥な冗談をわたしの下半身に浴びせかけましたが、わたしは一枚の壁のようになって、少年からずっと離れたところに意識を置いているのでした。

〈おまえ、頭足りないの？〉

少年がそう言った時、暴力が出現を諦めて消えたのが分かりました。〈頭足りない〉という表現が、わたしの張りつめていた神経を解放し、顔に微笑みの感覚が浮かび上がってきました。微笑むつもりなど全くありませんでした。ただ、張りつめていたものがほどけるというのは、それだけで表情になるらしいのです。少年は、わたしを鏡にすることができず、逆に、わたしの鏡になってしまいました。少年の顔が微笑みに溶けるのを見て、わたしは何が起こったのか知ったのです。少年はわたしの隣にすわり、棒を床に置きました。

〈歳、いくつ？〉

少年が尋ねました。別の物語が始まっていたのです。わたしが答えなくても少年は全く腹をたてません。

〈名前なんていうの？〉

一度曲げてしまえば、そのナイフでわたしの腹を刺すことはできないのです。危険はゼロなのです。それでも、悪魔と会話していることにかわりはありません。悪魔に本当の名前や住所を言ってしまうのは、悪魔に愛してほしいとせがむようなものではないでしょうか。急に恋しさのようなものを感じて、わたしは本名と住所を告げてしまいました。わたしは本当に身を守るためだけにそんなことをしたのでしょうか。

電車を降りると全身に疲労を感じました。悪魔は追ってはきませんでした。わたしの言った名前や住所など、明日になれば多分忘れてしまうでしょう。そして、わたしは向かってくる刃を曲げる術を訓練したことになります。それは体力を使うものです。それは、一種の修行です。それは、わたしの身体に傷を残したのでしょうか。

〈どこへ行ってたの？〉

めずらしく母が玄関へ飛び出してきて、そう尋ねるのでした。わたしはもう高校生で、どこへでも行きたいところへ行き、行き先もおよそのところしか告げないのが普通でした。

〈どうして聞くの、そんなこと。〉

〈その荷物は何？〉

〈本よ。〉

〈どうしたの？〉

〈借りたの。〉

〈誰に借りたの？〉

イザベルと付き合ってはいけない、と母は言うのでした。信者の舌の一部を切り取る残酷な新興宗教のグループがあって、イザベルはそのグループの影の指導者だというのです。それは違っている、それは全く違ったものを不気味だという だけで同じものだと思ってしまう愚かさだ、とわたしは思いました。たとえば、カドミウムと幽霊、放射能と怪獣、狂犬病と殺人魔の間には、親類関係はないのです。イザベルは暴力を放出するかもしれないけれど、それは図書館員である彼女の身体に刻まれたものが書物の形で現れるだけで、彼女自身は決して他人の舌を切ったりしない、とわたしは思うのでした。彼女は図書館員なのです。そして図書館員であるということの熱い意味合いが、ほとんどの人には分かっていないようです。

〈図書館の職員なのよ。〉

と言っても、母は納得しません。どんな職業についていても、狂信的な宗教団体に属していれば、その団体の奴隷だというのです。わたしは別にイザベルと深い付き合いがあったわけではなく、本を借りただけなので、もうイザベルとは付き合わない、と母に約束するのは簡単なことでした。舌を切り取る人間たちと関わりたくないというのも、もちろん同感できました。でも、その時にはもう、わたしは変な形で、舌を切り取ろうとする暴力に絡みつかれていたのでした。

　高校三年の一学期のことです。わたしはいつの間にか、逃げるだけの生活を送っていました。逃げるというのは中毒と同じで、一度やり始めるとやめられなくなるものです。追ってくるのは、いつも同じ人でした。同じ人が、毎回、顔の輪郭を変えて現れるのでした。特徴は、眼球がガラス玉のようで、笑いがないことです。わたしのまわりの人たちだって、いつも笑っているわけではありません。でも、おどけた言葉をたくさん振りかければいつかは笑い出すだろうと思わせるくらいの肉のゆるみは、誰でも顔のどこかにあるものです。笑いにつながっていきそうな鼻翼のかすかな痙攣や、湿った唇の震えが、絶えず見え隠れしています。ところが、わたしを追ってくる人は、笑いの糸口になるかすかな光を眼球から漏らすことさえないのです。骨は家具のよう、肌は灰色のスポンジのようです。それは、女の姿でまたは男の姿で、白黒印刷のパンフレットを持って現れます。その白は神経の薄い膜をきつく張りすぎて破ってしまうような白で、その黒はどんなものでも容赦無く塗りつぶす暴力的な黒です。パンフレットには、わたしたちは暴力を受けた者たちの団体です、というようなことが書いてあります。おまえもまた暴力の犠牲者であることくらいとっくに見抜いているぞ、とでも言いたげに、その人はわたしを見るのでした。そして、わたしが団体に心を開かないのは、卑怯なことだと納得させようとするのでした。団体と言っても、この人はたったひとりなのではないか、とわたしは不思議に思いました。団体というのはたったひとりの人間が次々姿を変えながら現れることなのでしょうか。

この人は、パンフレットを乱暴にわたしの胸に突きつけたり、鉄条網のような字の書かれたボール紙を鼻先で立てて見せたりするのです。そんな時、わたしは、何か長いこと忘れていた、肋骨の痛むほど嫌なことを思い出しそうになるのでした。この人自身が実はわたしに暴力を与えた本人なのではないかと、そんな気もしました。近くに立っているだけで、胸のあたりの力が希薄になり、悲しさと怖さの混ざった影が呼吸に被さってきます。

〈今忙しいので、帰ってください。〉

その人は、鎧のように磨きあげた革靴の爪先でドアをさりげなく押さえたまま、動こうとしないのでした。わたしは逃げ出すよりないのです。でも、ここはわたしの家です。ここから逃げ出すということは、家を捨てることになってしまいます。逃げ出さずに、この人の言う通りについて行ったとしても、やはり家を捨てることになってしまいます。

　わたしたちは暴力の被害者です、自分の舌を切って抗議します、とボール紙には書いてあります。わたしも暴力の洗礼を受けた者なのだから舌を切れということなのでしょうか。彼らは、声の出ない者の声をもう一度奪うつもりなのです。逃げることを一度選択してしまったら、逃亡者という役割から逃げるのは大変です。奇跡を待つしかありません。逃げるのは、追ってくるものとの距離を作り、それを伸ばすことです。でも距離は作ろうとすると、逆に距離が消えてしまうこともあります。それどころか、いつの間にか追って来る人たちと足並みを揃えて走っていたりします。そこから更に逃れるには、どうしたらいいのでしょう。ころぶしかありません。ころぶのには、勇気がいります。ころぶのは、失敗することです。取り残されることです。怪我をすることです。

　逃げる必要などなかったのではないかとも思うのです。彼らはピストルを持っていたわけではありません。わたしの秘密を知っていたわけでもありません。わたしの秘密など、わたし自身知らないのに、どうして彼らが知っているはずがあるでしょう。でも、わたしは、まず言葉の中で逃げ始めてしまったのです。すると、それだけで逃げる理由があるということになってしまいます。わたしにはうしろめたさなどないはずなのに、やはりうしろめたさがあるのでした。彼らはパンフレットを読ませようとしただけです。無理に読もうとしても頭にねじ込むことのできたのは、〈火と硫黄の池に投げ込まれた〉とか、〈第二の死〉というような断片だけでした。これは聖書から書き写したのでしょう。

〈わたし、子供の頃から毎週教会に通っているんです。だから、信仰のことなんかは今さら言われなくても分かっています。あなたは、いったいいつから信者なんですか。まさかたった一年前からなんて言うんじゃないでしょうね。高校生だと思って馬鹿にしないでくださいよ。〉

わたしは、そう言ってやったのです。それでも、勧誘員の表情が全く動かなかったので、わたしは額の生え際がぞっとしました。勧誘員はゆっくりとメモ帳を取り出して、何か素早く書きつけ、わたしの鼻先に突き出しました。

〈あなたの方が、信仰のことなどについておくわしいのなら、わたしたちのところへ来て教えを説いてください。〉

とメモ用紙には書いてありました。

〈今、受験で忙しいからだめなんです。〉とわたしは言い訳しました。言い訳などする必要はなかったのです。嫌です、あなたが嫌いだから、となぜ言えなかったのでしょうか。高校生には人を嫌う権利などないとでもわたしはいつの間にか思い込まされていたのでしょうか。来てくださいよ、と言われたら、ただ、嫌です絶対に、と答えればよかったのです。理由を言う義務などなかったのです。向こうは理由など知りたいとは思っていないのだから。

翌日は、唇の乾いた男が訪ねてきました。眉毛がブラシのようにまぶたを圧迫していま す。黒目が大きく開いたまま硬直していました。こちらが笑おうとしても、その笑いをこぼれる前に吸収して抹殺してしまうところが、昨日の人の目と全く同じでした。同一人物とはこういうことを言うのでしょう。

〈今、忙しいので。〉

わたしは両親に知られたら恥ずかしいと思い、声を殺して言いました。ああいう正常でない人たちと付き合ってはいけないなどと、交友関係に口を挟まれるのが嫌だっただけではありません。わたしの恥ずかしい秘密を両親にまで知られるようで怖かったのです。と言っても、わたしに具体的な秘密があったわけではありません。ただ、嫌な予感がしたのです。自分は恥ずかしい人たちと魂の親戚関係にあるのかもしれない、土の中を蟻の通路のように走る血管を通して繋がっているのかもしれない、そしてそのせいでいくら抵抗しても蟻地獄に足を引き込まれるのかもしれない、と思うのでした。そのことは誰にも知られたくなかったのです。

〈帰ってください。〉

その男は帰ろうとはしませんでした。その男は、牛皮でできたような両手を胸に置いて、目を閉じました。それから、ひょっと髪の毛を後にかきあげました。小さな赤い菱形の断面が見えました。耳たぶの一部が切り落とされていました。そこには、個人の悲惨な物語があるとでも言いたげでした。だから、その耳の見えるところでは、決して笑ってはいけないのでした。わたしは笑いの禁じられた場所には五分でもいたくないのでした。

その人の白目の中には赤い血管が網目のように広がっていて、粘膜も桃色に腫れて、右のまぶたを貫いて小さな金属の輪が通っていました。ピアスではなく、鼻輪でもなく、目輪です。まぶたに穴をあけて通したらしいのです。まぶたは腫れ上がっていました。

〈あなたは全部で三回しか、イヤと言うことができません。だからよく考えて、イヤという言葉を無駄遣いしないようにしなさい。〉

紙切れにそう書いてありました。この男は舌を切ったわけではなく、耳たぶの一部を切り取っただけなのに、やはりしゃべろうとはせず、紙に言いたいことを書き付けて、その度にわたしの顔に乱暴に押し付けるのでした。わたしは今すぐ彼といっしょに来るように言われて、〈嫌です〉と答えました。わたしは、意味の分からない言葉の並んだ書類に署名するように言われて、〈嫌です〉と答えました。わたしは彼の書いたという薄っぺらい本を二千円で買うように言われて、〈嫌です〉と答えました。もちろんすべて筆談です。それから、明日彼の事務所に来るように言われてまた、〈嫌です〉と言うと、それが四度目の〈嫌〉だということにわたしが気がつくようにと、男は口を変な風に開けました。まるで唸り始めた犬のような鼻先の表情に、わたしは噛みつかれるのではないかと恐れて後退りました。それから男は実際に犬のように噛みついたのです。男はわたしに噛みついたのではありません。自分自身の腕に嚙みついて悲鳴を上げたのです。手首から十センチくらい上がったところです。叫び声を聞いて、家の奥からスリッパを片方だけ履いた母が飛び出してきました。すると男は、くるりと背を向けて帰ってしまいました。

〈どうしたの。〉

〈ちょっと脳がどうかしたみたいな人が来てただけよ。〉

ずっと笑うことが許されなかったせいか、わたしの背中は板切れのようになっていました。柔軟体操をしながらわらべ歌をふざけて歌っても、くつろぐことのできない夜でした。本を開いても、話の中に入っていくことはできませんでした。ボール紙に書かれた鉄条網のような字が、目の前に浮かび上がって邪魔をするのです。

勧誘はそれで終わったわけではありませんでした。夜には、電話がかかってきました。電話の鳴り方が違うので、受話器を取る前からあの人だと分かってしまいました。

〈明日はお時間ありますか。〉

そう尋ねるのは機械でミックスされた声で、母音のひとつひとつに割れ目が無数に入っていました。

〈明日はだめです。ブラスバンド部の練習がありますから。〉

〈練習は何時に終わるのですか。〉

〈さあ、分かりません。暗くなってからでしょうね。だから、まっすぐ家に帰るしかないのです。なにしろ暗いのですからね。〉

〈どこの高校ですか。〉

どんな答えを与えても必ずそこに新しい問いがからみついてきて、終わらないのでした。声の背後にはキーを打つ音がしていました。タイプする言葉が声になって現れる機械を使っているようです。

翌日、クラブの活動を終えて三人の友だちと帰ろうとすると、校門の脇に車が止まっていて、人影が見えました。遠くからでも、それがあの団体の人間だと分かりました。三十歳前後の女性でした。前の日の人は男性で、今日の人は女性なのに、二人は全く同じ表情をしているのでした。性がないのです。わたしは友だちの前でその人と口論するのが恥ずかしいばっかりに、知り合いであるかのように親しく声をかけ、車に乗り込みました。友だちには、追われているということをどうしても知られたくなかったのです。もしかしたら、これは、ひとりの人間が姿を変えて現れるのではなく、たくさんの人間の属している団体なのかもしれない、ただ、目の玉がどの人でも同じガラス玉でできているだけではないか、と車の中で初めて思いました。その女性の胸や腰は痩せ細っていて、服の下には実は人間ではなくカカシでも入れてあるのではないかとさえ思いたくなるのでした。それに対して、昨日の男は肉が重たくぶら下がっていました。身体が硬直しているという点では同じでも、肉の量には個人差がありました。

車は三十分ほどのろのろ走って、アスファルトを覆い尽くすほどの落書きがしてある駐車場に止まりました。黄色いチョークで円や十字が書きなぐってありました。雑居ビルの裏口から中へ入ると、狭い階段があります。通路から覗くと、書類を積み上げた机がいくつも並んでいて、なんとか株式会社という緑や灰色の看板がドアに貼り付けてありました。それは全部架空の会社であったかも知れません。ドアはみんな開け放しで、中に人がたくさん机に向かっているのが見えるのに、どの部屋も静まりかえっています。誰も口をきかずにいるのです。電話はないようです。みんなうなだれて、仕事をしているというよりは、すっかり諦めた心で悪い刑の宣告でも待っているようでした。その人に背中を突つかれて階段を上がっていくと、その上の階も、またその上の階もみんな様子は同じでした。やがて屋上に出ました。空はコンクリートの色をしていました。その人は下の通りにさっと監視の目を光らせると、すぐ引っ込んで、わたしに階段を降りていくように合図しました。わたしはまた後ろから急かされながら、わざとゆっくりと階段を降りていきました。今度は地下まで降りました。

ビルの地下には驚いたことにプールがありました。薄暗いホールでした。初めは水は見えませんでしたが、自分の声が室内プールの中で声を出した時のように反響したので、水があるなと直感したのです。

〈ここは、何ですか。〉

答えが得られないと分かっていても、しゃべっていないと何かに揉み消されてしまいそうでした。

〈何をするところですか。〉

答えはもちろん返ってこないのでした。

〈まさか飛び込み自殺の練習場じゃないでしょうね。〉

ひとりで笑っても、まわりに笑いのないことの息苦しさは取れませんでした。

プールの水は、溜め池の水のような色をしていました。痩せ細った裸の人間たちが水際にうなだれて立っています。男も女も陰毛が黒々として、皮膚は空ビンのようでした。わたしは目をそらしました。ひとりまたひとりと水の中へ飛び込んでいきます。足から先に、直立不動の姿勢で飛び込みます。水は一メートル三十センチくらいの浅さでした。くりっくりっと誰かがどこかで指を鳴らしています。その合図に従って、人々は水の中に飛び込んでいくらしいのです。これは第二の洗礼のつもりなのかとも思いました。

わたしは、くるりと向きを変えて、逃げ出しました。階段を駆け上がって、事務机の間を駆け抜けて、盗みの現場を見つかったスリのように逃げました。悪いことをしたという意識でいっぱいでした。通りに出て、適当な方向に駆け出し、少し走るともう転んでしまいました。

転んでしまった時に、頭の芯が強くゆすぶられて、何も分からなくなりました。思い出そうとしても、何から思い出せばいいのか分かりません。ここはどこ。何をしていたところ。一瞬前とのつながりが切れていました。砂漠に投げ出された魚の死体、それがわたしです。濡れた鱗に砂がはりついて、目は開いたまま。

膝から土を払いました。土にまみれた膝の皮の色は見慣れた肌色で、やっと自分というものが昔から馴染みの深いものだという気持ちにさせてくれました。膝が破れて血がにじんでいます。血の味を思い出しました。埃をかきたてて脇を走り過ぎていく運動靴の群れ。ひとりで転んで、膝に血をにじませて、それをべろんとなめた時のあの味です。それは小学生だった頃のことです。当時は、膝が唇の近くにあったようです。今のわたしは、唇と膝がとても離れてしまっているのでした。血をなめたいとは思いませんでした。代わりに、腕を空に向かって思いきり伸ばしました。自分の名前が思い出せません。空に向かって口を開けました。偶然のように降ってくる名前を待ち構えて、空に向かって口を開けて息を殺しているわたし。雀が一羽空を横切りました。つぐみ、すずめ、するめ、つばめ、よもぎ、かも、どれも自分の名前じゃない。

わたしは、腕組みしました。汗が喉から乳房の間を通って、お腹へと流れます。転ぶのが好きだから。空にカリフラワーの形をした雲が浮かんでいるのが目に入りました。その白の裏側がちかちか光っています。その光が、蝶の羽の粉のように目に入ってしまいます。手のひらでぬぐい取っても、目の中で雲の光がちかちかします。かかわりあうな。それが心臓の発した最後の信号であったような気がします。かかわりあうな。それから、立ち上がって、また夢中で駆け出したのでした。どこだったのでしょう。転んだ場所はどこで、今はどこにいるのでしょう。昼で空気をかきわけるようにして、全速力で走りました。足が交互に無理やり前へ前へと投げ出され、そうする間も両腕は萎えてぶらぶら腰のあたりで揺れていました。それから脚がどうかなって、ばったり転びました。自分の名前が思い出せません。

じゅうたんの上に落ちる円筒形の光に向かって、わたしは、〈嫌です〉と言いました。これで五度目です。何時間もかけてその円筒形がゆがんでいくのを深刻な顔をしてにらんでいなければいけないのです。〈だってお金にならないのではね、捨ててしまいましょう。〉円筒型の光がわたしの親友の声を使ってそんなことを言うのです。〈お金にならない〉という言葉にこめられた深い憎しみはいったい誰の胸から発せられたのでしょう。でもわたしはその声を非難してはいけない、と思いました。非難すれば罪のないどこかの誰かが処刑されるだけです。わたしは平気なふりをして、賛成でもないふりをして、冷静に状況を見守らなければいけないのです。

自分自身の足の裏の皺が、水面に映っています。皺の模様はまるで蟻文字のようです。わたしは水に足を入れようとしています。何のためにそうするのか自分でも見当がつかないのに、すべてを了解しているふりをし続けなければなりません。そうしないと溺れてしまうからです。水面に映った足の裏の皺が、顔になりました。見たことのある恐ろしい形相です。わたしはそれを踏みつぶすようにして、水に足を浸けました。それからあわてて足を引き抜きました。水の底に斧が光ったように見えたからです。

〈足を切られるんじゃないでしょうねえ。〉

とわたしは冗談めかして尋ねました。すると誰かが木の独楽を木の床に落としたように笑いました。わたしも疑いを持っていないことを示すために、真似て笑いました。笑いすぎて首の横の神経がよじれて、脳にジンと痛みがきました。首の中の神経が茶色く枯れかかっているようなのです。無理をすればぽっきり折れてしまうかもしれないと心配になりました。やっぱり湿り気が必要なのです。だから水の中に足を突っ込むしかありません。右足の先を水に浸すと、〈せんれーい〉という声が遠くからして、トロンボーンの音がして、水の底に斧が光りました。金管楽器を持った友だちの誰かがわたしを救いに来てくれたのかも知れません。ブラスバンドの練習があることを忘れていたことを思い出しました。早くもどらなければ。

〈足を切られるんでしょう、嫌ですよ、そんなのは。〉

わたしは、できるだけふざけた口調でそう言いました。膝ががくがく震えていました。でも、どこか切らなければ、と誰かがささやくのが聞こえたように思いました。困惑している人間の声でした。切られたあの耳の断面が菱形をしていたのを思い出しました。わたしは、両手で左右の耳を抑えました。すると、肘に体毛が房のように生えていることに気がつきました。以前はそんなことはありませんでした。余分なものが自然に取れて落ちる身体の知恵が以前はあったに違いないのです。それが衰退したのです。わたしはこっそりとその毛を剃りたいと思いましたが、わたしが立っているのは同級生たちが集まった体育館の真ん中で、こっそりと何かするのは無理でした。わたしはさりげなく剃刀を肌に当てました。体毛はブラシのようにかたくて、なかなか剃れませんでした。代わりに皮膚が切れて、うっすらと血がにじみました。どこかは、切り取ってしまわないとね。誰かが背後でそう言うのが聞こえたように思いました。もう子どもじゃないんだから、どんどん切り取っていかないと。恥ずかしいところがないかどうか、定期的によく調べて、切り取っておかないとね。身体検査と体育の授業がある限り、検閲を逃れることはできません。

わたしの番がきました。体重計の上に立って、まるで裁判官に刑を言い渡される被告人のようにうつむいて、結果を待ちます。下着の木綿の白の間から体毛がはみだしていることに気がつきました。これはあってはいけないことです。あってはいけないものが油断しているとどんどん身体の中からはみ出してしまいます。これ以上ひどくなれば退学処分にされてしまうかもしれません。背後には同級生たちが長い列をつくって並んでいます。誰にも気づかれないように、見えてはいけないものを処理するのは無理でした。自分の身体がまるで他人の畑のように思えます。撒いたはずのない種から勝手に植物が伸びてきます。わたしはそれを恥じるように義務づけられています。すぐに刈り取らなければならないのです。

口の中の検査です。歯もあります。舌もまだあります。喉もあります。口を大きく開けて、金属のへらで舌を押さえられると、煙のようなもやもやが胃の奥底から湧き上がってきます。これもまた恥ずかしいことです。それでも口を閉じることは許されません。異常無し。そう言われれば、ほっとすると同時に、異常がありそうに見えるから検査したのだ、と言われたも同様であることに気がついてぞっとします。いったいわたしの口元にどのようないかがわしいものが見えているのでしょうか。

頬にニキビがひとつできています。そのあたりの皮膚が全体的にねっとりと湿っています。

〈ニキビはスモモのように熟してからつぶすよりも、あおいうちにナイフでさっと切り取ってしまった方がいいのです。〉

と保健の先生が言います。新しく来た先生です。顔を見るのは初めてです。わたしはその先生の言うことは嘘だと分かるのですが、先生を怒らせて、取り返しのつかないことになると困るので、何も言わずにいました。先生は引き出しの中から何本もナイフを取り出して、光にかざして比べています。逃げるなら今しかチャンスはありません。わたしはトイレに行くふりをして立ち上がりました。死んだハエが、床に落ちていました。思わずそれを拾い上げたくなるのですが、一度腰を曲げてしまったら、もう背骨を伸ばすことができなくなり、床に吸い付けられて這いつくばるのではないかと思うと、拾い上げる勇気も消えてしまいます。早く逃げなければ。でも、ハエをそのままにして逃げていっていいものでしょうか。

とにかく何か恥ずかしいものが、わたしの知らないうちに菌のように身体に入り込んで、ある日、皮膚を破って外へ顔を出すらしいのです。いくら頻繁にうがいをしても、それは防げません。もしかしたら、それは外部から入ってくるものではないのかも知れません。とにかく、このままとどまっていることはできません。逃げて隠れるしかないのです。ソックスにも血がしみています。しかもそれはリンゴ飴のようにきれいな赤の血ではなく、茶色く濁っています。級友たちにはその血を絶対に見られたくないのですが、他に履くソックスがありません。だから、血のついたところを隠すように、両足の内側の側面をこすり合わせながら、膝をよじらせて歩きます。ソックスを脱ぐなどということは考えられません。裸足で歩けば、世を捨てたことになってしまいます。世を捨てるなどというのは、女子高校生には考えられないことです。ぐれていると言われるような女の子、いわゆる不良少女でも、世を捨てているつもりなど絶対にないのです。不良は学校を卒業すれば、すぐに子供を生んで、理髪店でせっせと働いたりします。世を捨てるというのは、ソックスを履かずにいたり、髪の毛を洗わなかったり、テレビを見なかったりすることです。そういうことをする高校生は不良の中にさえいないのです。

わたしはトイレの個室に飛び込みました。とりあえず、そこでひとりになって対策を練るつもりだったのです。トイレの便器の中にはどうやら、なまぬるい塩水が溜まっているようでした。かすかな塩のにおいを含んで立ちのぼる温もりがそう思わせるのです。塩水の中に聖女がひとり、沈んでいます。陶器が光ります。

〈何やってるのよ。いつまでも。早く出なさいよ。〉

外から級友がせきたてます。わたしは水を流すわけにはいきませんでした。そうすれば、水の底にいる顔も渦の中に消えてしまうでしょう。わたしは床に跪きました。

〈早くしないと、血液検査が受けられないわよ。何しているの、中で。〉

　わたしの目の中から、白いものが便器の中に落ち始めました。それは、パン粉でした。涙ではなく、液体でもなく、乾いたパン粉がはらはらと降るのでした。水の中に落ちると、それはふやけて溶けていきました。ちぎれた雲の断片が夕闇に飲まれていくようでもありました。ひょっとしたら、人は便器を通して空を見るのかもしれません。便器の中を覗き込んで瞑想に浸る勇気のある人はあまりいません。だから、空はそこに隠れているのかもしれません。便器の中を覗くのは、掃除婦の瞳だけです。彼女らはたとえ美しいものを見ることがあっても、そのことを誰にも話さないのかもしれません。だからわたしは大切なことは何も知らずに年をとっていくのです。

　ノックの音が激しくなってきます。水面がゆれて、聖女は消えていきました。代わりに、空色の透き通った服を着た男の姿が水の底に現れました。胸の筋肉がこまかく分かれて見えます。胸は厚く、性器は雀のように股の間に眠り、太腿の筋肉はまるでバッタの脚を拡大したようです。よく見ると肩からバッタの内側の羽のような半透明の翼が垂れています。そして腰にはサヤエンドウの剣がぶら下がっています。ひょっとしたら、この守護神のような水の中の戦士に助けを求めることができるのかもしれません。でも、わたしの必要とするのは守護神ではなく、唇の痙攣としての笑いだけです。怖がることをやめられなければ、守護神がいても、逃げ続けるしかありません。ドアを開けると、わたしを身体検査に引っぱっていこうとした級友は、すでに姿を消していました。

わたしは床からハエの死体を指先で拾い上げました。セルロイドでできているかのように軽い死体でした。死体は指の間で身震いすると、さっと風にさらわれるように飛び去っていきました。廊下には誰もいません。窓が塩をまぶしたように光っています。近づいていってみると、木の葉が湿った木綿のように重く垂れ、校舎のコンクリートにできた黒いしみが、うずくまった動物たちの影のように見えました。湿度の充分に含まれた勇気が、わたしの肌にも少しずつ現れ始めました。乾き切った木材ならば、簡単に斧で割られてしまうかも知れません。もしも、わたしが木材でできた人形であったならば、そんな危険もあるでしょう。でも、湿度を獲得するコツさえ覚えれば、とそう思った瞬間、後ろから肩に手をかけられて振り向くと、またあの人が立っていました。

〈あ、今回はまた男性の顔ですね。〉

そう言ってしまってから、言葉がこわばらずにすっと外へ出ていったことに自分でも驚きました。その人は、わたしが逃げようとせず、言い訳もしないので、とりあえず、わたしの肩に置いた手の指にぐっと力を入れて、肩を激しくゆさぶりました。

〈カクテルだったらね、ゆすぶられて、緑や赤や紫の液体が混ざり合って、おもしろいかもしれませんね。カクテルのカクは字を書くのカク、テルは電話のこと、つまり、手紙書いたり電話したりってこと。〉

わたしはその場で何回かぴょんぴょんと跳ねて見せました。束縛の手が肩から離れました。一度そんな風に跳ね始めると、気持ちがシリンダーの中のピストンのようになってしまって、跳ねることをやめることができなくなります。水平に伸びた線がみんな垂直の線から解放されて、上下します。巨大な弦楽器のはじかれた弦がぶらぶらといつまでも振動し続けるように。

〈時間がありません。急いでください。〉

そう書かれたメモ用紙を鼻先に突きつけられても、わたしは平気で答えました。

〈時間は便器の中に入れておけば自然と塩漬けになって、腐らないでしょう。〉

その人はわたしを地面に固定しようとして、肩をぐっと下へ押しました。それでも、わたしの跳躍の勢いの方がとっくに強くなっていて、いくら押されても、身体はぴょんぴょんと跳ねるのでした。やがて言葉までもが跳ね始めました。

〈同じ顔をして毎回違う人間であるのは誰でしょう。〉

謎かけ歌を歌うようにそんなことを口ずさみながら、わたしは跳ね続けました。たったひとり沈黙の中で笑うのには勇気がいりますが、おどけた歌を歌うのならば、まわりの反応が全くなくても平気です。笑いと眠りの間を誰にもつかまえられない早さでくぐり抜けていくのです。

〈伸びても伸びなくてもわたしは恥ずかしくなんかないんですよ。ははは恥ずかしくなんか。それじゃ、また、ごきげんよう。クラブの練習がありますので。〉

そう言い終わると、わたしは大きな窓を開けて、ぴょんと勢いよく外へ飛び降りました。危ないという言葉は頭の中から消えていました。高さの感覚がなくなっていたのです。

窓から飛び降りたという感覚はありませんでした。窓から外へ出たという気持ちだったのです。ところが、すっと落下が始まって、次の瞬間にはもう言葉を否定するほどのスピードに巻き込まれ、何も言えないうちに、身体は、下からぶつかってくる大気に中味をどんどん奪われていくのでした。身体を止めることも落下を止めることもできません。中味が抜けて、全身が筒になっていきます。やっぱり通り抜けていってしまうようなのです。ぶつかり続けるということはなくて、痛くても不平等でも、通路が出来てしまうのです。そして尺八か何かのように、大気の動きを音にします。わたしは楽器じゃない。そう思った瞬間、トロンボーンのソの音が高らかに鳴り響き、わたしには空が止まったように感じられました。でも、わたしにはなんとなく分かっていたのです。これは、もう落ちていかないでもいいということではなく、落下の第一段階に到達したから、まるで停止したように感じられるだけなのだということが。一度落ち始めたものが止まるはずはないのです。もし止まるとしたら、それは何かと衝突した場合のことです。衝突すれば、骨は砕けます。肉が破れて、内臓が飛び出します。するともう、わたしは変な物になってしまうわけです。目にしただけで不幸が伝染するとでもいうように、みんなが目を背けるそういう物になってしまうわけです。わたしは衝突なんかしていない、落下の第一段階に達しただけだ、と思いました。落下の方が衝突よりはまだましです。肉を破られるのはごめんです。テレビで自分の肉を破った少女を見たことがあります。台所で使うアルミフォイルで手首の肉をずっと擦っていると、初めのうちは痛みを感じても、やがて神経が麻痺して、肌から吹き上げる熱がそれ自体、意志のようになって、摩擦をやめることができなくなります。そんな風にして、骨が見えるまで擦ってしまいます。赤く露出する肉は、アルミニウムという言葉の響きの中から直接出てきた銀色の粉末と混ざって、固体でも液体でもないどろどろとした物質になって骨にしがみついたまま垂れ下がっています。水っぽい血液がしたたる心配はありません。だから少女は白いじゅうたんを汚しませんでした。兎の毛を接ぎ合わせて作ったような白いじゅうたんでした。兎もまた毛皮をはがれて赤い肉を出しているところに塩水を摩り込まれたりしていじめられたのです。少女は自分の肌に塩を振りかけてみました。数時間後、少女は勉強部屋で気絶しているところを発見されて病院に運ばれました。そのまま作業を続ければ、身体の骨が全部むき出しになっていたかもしれません。

母親とふたりきりで恋人同士のような生活を送っていた頃には、模範的な中学生でした。母親が再婚してから、急にバレー部に入りたくなり、入部しました。その頃から、肌に出来物ができるようになりました。それから、音楽の雑誌を定期購読するようになりました。それから、自分の肉を消してしまいたいという思いに取りつかれました。母親は、アルコールと性的な関係を結びました。それ以来時々、ただれた低い声、聞いたこともない他人の声で、かつては口にしたことのない強い拒否の言葉を吐くのでした。うるさいね、邪魔しないで、あんたにはどうせ分からないんだから、あっちに行って、早くどこかの家に嫁に行って、顔を見たくないんだよ、馬鹿、余計なお世話だね。誰に対してしゃべっているのか、分かりません。あのつんとしたアルコールの臭いが母親の毛穴からにじみ出る時、少女は自分の腕や胸の肉が焦げて黒ずんでいくように感じました。母親の肌は、臭気を放ちながら閉じていきます。毎日少しずつ表情の数が減って、疲れた顔、怒った顔、苦しそうな顔という買ってきたような三つの型が肉に固定していきます。身体も柔軟性を失って、台所に立っているか、椅子に縛られたように座っている以外の姿勢をしなくなります。コンクリートでできた柱になっていく母親を見ながら、ごはんを食べます。恐ろしいのはその人柱に憎しみを感じずにはいられないことだ、と少女は言います。この醜い柱、過去の記憶を全部嘲笑うようにして歪めて抹殺しようとするこの石、これには耐えられない、だから少女は肉を開いたのでした。摩擦によって。でも、それはわたしの物語ではありません。自分にとってどうでもいい話を細部までしつこく思い出すのは、危険信号です。身に危険が迫り過ぎると、人はそういうことをすることがあるのです。

わたしは、肉を開きたくはない、と思うのでした。わたしは、コンクリートの柱にもなりたくないと思うのでした。人柱。空を覆っていた雲がふたつに裂けて、青い色が現れました。トロンボーンのソの音が高らかに鳴り響きます。コンクリートという言葉のせいで、また別の少女のことを思い出しました。駅のベンチに置いてあった週刊誌で読んだ記事です。この少女の母親は、離婚して、セメント会社の社長と性的な関係ができてから、娘に対するまなざしも言葉も硬直化してしまったそうです。だから、少女は自分の肉を開くことになったのです。そして高校を中退しました。少女は肉を開くのに、アルミニウムを用いませんでした。どこかの会社員と、駐車場で週一度、待ち合わせをし、森林高速をドライブしただけです。それから、山の中腹の展望台でいつも車を止めましたが、車からは降りずに中で時間を過ごしました。展望台と言っても樹木が邪魔になって何も見えませんでした。エンジンはいつもかけたままだったと書いてありました。エンジンの音が背後でしていると、晴天の日でも空が曇って見えるものです。でも、そんなことを思い出してみても、落ちていく自分はどうしようもないのだと、気がつきました。わたしは、どうしようもないから、どうでもいいことを思い出すのでしょう。時間の経過を引き伸ばすために、記憶の細部に入り込んで、それをくわしく再現して、落下の速度を引き伸ばしているだけです。わたしは家で鏡に向かって時々やってみるように唇をちょっと尖らせて胸を前に突き出すようにしてみました。空気に媚びれば、空気が網に変化してわたしを抱きとめてくれるとでも言うように。わたしは抱きとめられずに落ちていきました。空気は人格も暖かさもない、突き抜けているところしか取り柄の無いやつです。それでも、しばらくすると止まったように感じました。でも、それは止まったのではなく、手足が痺れて麻痺したというだけのことでした。肌を内側から感じることができました。セルロイドでできたような肌でした。人形ならば、痛いと感じることもないのでしょう。人形には肌はあっても肉がないからです。闇の底に横たわって、自分の肌を内側から感じながら、外から来る刺激を少しも感じられずにいるのがわたしです。イザベルがマッチを擦って、わたしの両足の親指に注意深く火を付けました。熱いという感覚はありません。それから他の指にも一本一本に火を灯していきます。自分の足の爪が蠟燭と同じロウで出来ているとは、この時まで気がつきませんでした。考えてみればあたりまえのことです。ロウ人形は、足の指もロウでできているのです。でも、いつから平気で自分がロウ人形だと思えるようになったのでしょう。どこかにだまされていく過程があったはずなのです。それが、思い出せないようにされてしまったということです。だから、足の指に火を灯されても文句も言えないわけです。頼りなげに揺らめく炎は、あきらめのつかない恋心のように伸びたり縮んだり揺らめいたりして、いつまでたっても消えません。わたしはやっぱりあきらめがつかないのでしょう。熱いとも痛いとも感じません。ただ指が焦げてしまうのは嫌だと思うので、気力を爪先に集中します。イザベルがいつの間にか、死体のように横たわるわたしの枕元に立っています。だらんと伸びてしまった下半身は、イザベルの思いのままです。膝をしゃぶられても、腿の内側をぴたぴたと叩かれても、お臍のまわりに菊の花びらを並べられても、わたしは何も言う言葉がありません。そのうち、お腹がいやに平坦になってきました。まるでテーブルのように平らで硬いのです。わたしは人形ではなく、家具なのです。落下していくよりは、テーブルになった方がましだ、と考えたせいで、本当に家具になってしまったのでしょうか。テーブルという家具の一種になりきること。家具とは娼婦が木になったものです。実用品であるということは、意味もなく遊ばれるままになって喜んでいるということに繋がってしまいます。だから、やたらと便利という言葉を使いたがる連中は警戒しなければいけないのです。便利さが理由で手に入れたのならば、実直な実用品なのだろうと思って安心していると、ただ遊ぶためだけの人形で、それが便利便利と叫びながら追いかけてくるのです。イザベルはその引き出しを開けたり閉めたり、表面を撫で回したり、上に座ったりして、鼻で荒い息をしています。イザベルがわたしの上に座ると、そのお尻の肉は重く柔らかく暖かく猫の腹のようです。それに比べて、わたしのお腹は木材です。家具なのだから、当然かもしれませんが、自分も動物のように臭くて暖かい肉の塊になりたいと思うわけです。どうせ粉末になって消えてしまうならば、その直前にでもいいから、これまで一度も味わったことがないくらいにすごい味が味わってみたい。もう肌が熱のせいで破れて、腕から名前のない体液がどろどろと流れ出てきて、息がつまってしまうまで、イザベルに励ますように息を吹きかけるのです。そうやっているうちは落下のことを考えないでもいいのだというずるい気持ちが裏で働いています。でも、本当はわたしは落ち続けているのだということが分かっているのでした。それも、何かすばらしい獣が落ちていくのではなく、年代物の家具が落ちていくのでもなく、昆虫が落ちていくという程度のことなのでした。実際のわたしは羽が折れて落下していくバッタの一種に過ぎないのでした。羽の折れた箇所には血が流れることもなく、ただ緑色の汁が思い出したように湧いては乾いていくだけです。これではおまえは哺乳類ではないと言われたも同様で、落ちることに何の悲しみも感じられなくなっていきます。残酷なものです。顔ばかりが大きくて、人間そっくりでも、身体はバッタと同じです。だからだめなのです。バッタがだめだというのは、人間だけの思い込みではあるけれども、わたしは頭が人間なのでやっぱりそう思い込んでいて、違った風に考えることができません。その時、トロンボーンのソの音が高らかに鳴り響きました。わたしの他にも落ちていくバッタたちが大勢いるらしく、バッタの影が樹木の幹を次々と垂直に走るのでした。どうしてみんな落下していくのでしょう。誰かが消毒薬でも撒いたのでしょうか。そう思ったとたんに、消毒薬が霧のように大気に広がって、喉に貼り付き、粘膜をざらざらにします。これは敵がわたしの飛行を邪魔しようとして撒いているのです。でも、命令を無視するわけにはいきません。これから額に印のある人間のところへ飛んでいって、その目の中に飛び込め、という命令でした。いつの間にかわたしは人間を苦しめるために何かを企んでいる誰かの手下になっているのでした。手下になれば落下は免れられるとでも言われて、わたしはだまされたのでしょうか。そのへんの記憶は確かではありません。だまされた人間にはだまされた人間の物語があるはずなのに、それがすっかり記憶から抹殺されてしまっているのです。ただ、契約が結ばれたということだけは確かでした。終わりのない落下に耐えるよりは手下になって自分の理解できない企みの協力をした方がましだという理屈です。そうすれば、落下が飛行のように思えてくるからです。実際、落ちていくという感覚は全くありませんでした。手下は命令に忠実に従っていても時々わけもなく苛められます。

まして命令に逆らえば、大変なことになるでしょう。細い足を毛抜きのような器具を使って引き抜かれたり、口から茶色い液を吐くほど強く頭部をつかまれたり。手下であることをやめればまた突き落とされてしまう、と思うから、手下をやめる決心がつかないのです。例えば、わたしは緑色と青色の中間くらいの色のものは何でもかじるように命令されていました。その色ならよく知っているという気がするのでした。それは夕方池の中に偶然見える魚の背の色でした。ピアノの下に転がり込んだまま何年も忘れられていたビー玉が急に懐中電灯の光に照らし出されて輝く時の色でもありました。それは、たまに火葬場の近くで出会う猫の目の色でもありました。人間を苦しめる災害の元であり続けるしかない、そうしなければまた突き落とされてしまう、とわたしは勝手に思い込んでいたのですが、その時、何のきっかけもなく、大切なことに気がつきました。わたしは突き落とされたのではないのです。わたしは自分から飛び降りたのです。それも、わたしは自殺者のように飛び降りたのではないのです。わたしは窓の外に出ただけであって、その時、高さなど気にしていなかったのです。高さなんてどうでもいい、わたしはあの建物の中にいたくない、と思ったのです。上から落ちたのは落伍者だ、と思いたいなら思わせておけばいい、とそんな風に思ったのです。

　バッタの影がぴたりと消えて、トロンボーンのソの音が高らかに鳴り響きました。頭から下に落ちていきます。手下として働くことはもうやめます、と断言しました。だから罰せられるのでしょうか。落ちていきながら考えました。でも、わたしは突き落とされたわけではありません。それだけは誰がどんなことを言ってももう変えることのできない事実です。落下を望んだのはわたし自身であって、それ以来、落下していなかったことなど一度もなく、だからと言って誰もそのことでわたしを怖がらせることなどできないはずです。これが普通の状態であるからです。そうだ、これが普通の状態で、しかもそのことに気がついたのはわたし自身だった、と思いました。顔の表面が冷たい風に打たれて感覚を失い、まるで左耳から右耳へ太鼓の皮でも張ったようです。バッタになった夢を見ていた間に、白粉を厚く塗られたのかもしれません。それが乾いてアスファルトの道路の表面のようになりました。よく見れば、細かいひびが入っているはずです。わたしの顔が埋め込まれていることも知らずにみんな平気で上を歩いていきます。わたしは踏まれても腹を立てずにいるためにはどうしたらいいのだろう、と思うのでした。踏まれるのがそれほど痛いわけではなく、踏まれたせいでかっとなる自分の中の怒りが痛いのです。踏みつける足の裏の数は増える一方です。この場所を踏むと幸運が生まれるという言い伝えでもできて、わたしの顔が固められたその場所にお百度参りの人々が集まってくるのかもしれません。怒りを真空にして力を抜いてしまうためにはどうすればいいのでしょうか。これが自分の顔だと信じ込んでいるのがいけない、顔は誰のものでもない、と考えようとしました。でも顔というのは不思議なもので、踏まれなければどれがわたしの顔でもいいのですが、一度踏まれ始めると、踏まれる度に、わたしわたしわたしわたし、と誇りが生まれて苦しいのです。心を殺してセメントで固めてしまいたい。

もっと踏んで欲しい、といつの間にか口の中で繰り返していました。初めのうちは自分でも意味が分からないまま、ただそう繰り返していました。もっとふんでもっとふんでもっとふんで。これでは娼婦と同じです。足を乗せるための顔を売る娼婦です。顔が踏み絵になったキリシタンの娼婦です。顔を踏まれている方が落下していくよりましだということなのか、落下していくから顔を風に打たれるのか、自分でも分からなくなりました。頰を強く打たれました。

ちょうどあの時と同じです。中学の図書室でのことです。一番奥の本棚の間に、背中が広く頭が電球の形をした上級生の男の子が、うずくまっていました。他に人影はありませんでした。貧血でもおこしているのかと思って近づいていって、顔をのぞきこむと、突然、頬を打たれました。その手のひらが意外な方角から飛んできたように感じられました。そんなところに手が付いているはずないのです。制服のズボンの前が開いていました。わたしは、悲鳴を上げたりはしませんでした。悲鳴を上げなければいけないような気がしたのに、上げなかったのです。そうする代わりに、その子の顔をじっと睨んでいました。怒りを表現するために睨んでいたのではありません。肌の表面に視線が貼り付いてしまったのです。噴火寸前まで膨れ上ったニキビの火山、噴火後の廃墟、脂を薄く塗ったような鼻の側面、もう地表を破ってしまったのに、樹木のように高く伸びる決心はつかずにいる髭の先端、猫にひっかかれたような傷が斜めに走る左目の脇、とそのあたりまで観察した時、その顔は指の間でつぶされるゴム人形のように歪みました。それから、その顔は逃げて行ってしまいました。くわしく観察すること、そして何も言わないこと、それがあの日わたしの武器でした。

だから、足で顔を踏まれたら、その足の裏の皺の一本一本をくわしく観察すればいいのです。足の裏に複雑な模様の刻み込まれた人間だっているのです。その模様を地図のように読み解くことができれば、良いところへ行くことができるかもしれません。その時、トロンボーンのソの音が高らかに鳴り響きました。地面はもう近いに違いありません。落ちるというのはいつか地面と出会うことです。衝突するのではなく、出会うのです。それはひょっとしたら同じことかもしれません。もしそうだとしたら、それに気がついた時には、わたしはもう物を考えていないわけです。時間の流れが遅くなっても、いつかは落ちることに終わりがくるはずです。誰でもいつかは死ぬのだと言われた時と同じで、その終点は思い浮かべようとすればするほど遠ざかっていきます。今にも殴りつけるようにして現れるだろう地面という暴力を思い浮かべると、その前に自分が金属のパイプになってしまいたいとも思います。工事現場で間違って下へ落とされてしまうパイプ、空洞の身体をひゅうひゅうと鳴らしながら不安もなく落ちていくだけのパイプ、その表面は冷たくてつるつるしていて、とてもわたしと親戚関係にあるとは思えません。それよりも、臨終の床で涙に寝間着を濡らしながら、現世ではいっしょになれなかったけれど、とこぼすカナーの顔が浮かびます。そんなことない、今ここでだって本当の気持ちを打ち明ける気にさえなれば、と泣き声で言うわたし。いや、早く来てくれれば間に合うかもしれないよ、とカナーが言います。つまり、カナーはもう死んでいるのかと思ってぎょっとします。死んでいるということは、カナーというのは実はわたしのことだったのか、とも思います。だってカナーが死んでいる理由などないのですから、もしわたしたちのうちのひとりがすでに死んでいるとしたら、それはわたしではないでしょうか。落ちていくスピードの中では、ミキサーの中の果物のようにいろいろな顔が混ざり合っていき、大切なはずだった顔が少しも見えなかったり、どうでもいい顔が一瞬くっきり浮かび上がって急に消えたりもします。カナーの顔を思い浮かべることなどとても無理です。色彩が帯になって流れていきます。助けてください、と恥ずかしさも忘れて、人の衣の裾にしがみつきます。するとつまらない人間でも自分の優越を快く実感して、それならと手をさしのべてくれます。それから、口うるさい説教が始まります。そんな風ではいけない、裸足ではいけない、涎を垂らすほど真剣に言葉を発音してはいけない、梨を食べてはいけない、などと救い手はいろいろ注文を付けてきます。顔をハチミツ石鹼で洗わなければいけない、住所登録をしなければいけない、爪を磨かなければいけない、と注文は増える一方です。あらあら、あたし自殺する時に寝間着のままだったらどうしよう、間違えて睡眠薬飲みすぎてしまったけれど、平気よ、全部吐いてしまえば平気、自殺未遂を計画したわけだから、死にたかったわけじゃないでしょう。いったい誰の声でしょうか、そんなことを言っているのは。これもわたしの物語ではありません。わたしは今確かに落ちてはいくけれども、自殺を計画したこともなかったし、自殺未遂を計画したこともありませんでした。そのままにしておいたら受話器の向こうの未知の闇に滑り落ちてもう二度と這い上がってこないのではないか、そんな寒い気持ちに人を陥れる電話を誰かにかけたことはありません。それはどこかの別の少女がかけた電話です。わたしは電話などかけません。面と向かって言ってやったのです。わたしは絶対に死にませんから、とくちびるを硬くして言ってやったのです。さようなら、わたし死にませんから、お宅のお葬式屋のパンフレットは要りません、と鷲谷に言ってやったのです。いったいいつから鷲谷が葬式を商売にしていたのか分かりませんが、ひょっとしたらずっと前からそうだったのに、父がわたしにそれを隠していただけかもしれません。それでないと、父が死んだ時の葬儀の事務を担当したのが鶯谷だということをわたしが知ってしまうことになり、そうすると父がとっくに埋葬されているということをわたしが知ってしまうことになり、するると父は死んでしまったことになり、いろいろ不都合が生まれると考えたせいではないでしょうか。短かった眼科医の生涯。馬鹿だね、お嬢さんは、自殺なんかできるわけがないだろう、もうとっくに死んでいるんだからね、一家そろって。鶯谷は満足げにそう言って、封筒に宛名を書いています。母もいないのです。そう言えばもうずいぶん長いこと意識の中から消えていました。母はどこにいるのでしょう。それが死んだということの意味だったのでしょうか。鶯谷の声が電気的な震えを伴って響きます。馬鹿だね、お母さんはもらったよ。わたしが棺桶の中に横たわっているのが見えます。それは母ではなくて、わたしではないですか。そう言おうとして、はっと口をつぐみました。そう言わせてわたしを棺桶に入れるのが、鶯谷の計画なのです。棺桶の中には誰も入っていないというのが事実です。棺桶などないので、わたしはその中をのぞいていたりはしないわけです。あたりがしんと静まりかえりました。もう気を抜いても平気なのです。これでおしまいです。地面という言葉は鶯谷が消してくれました。だから、これで何もかも終わりです。やっと落下が終わって横たわる場所が見つかったと思うと、ほっとしました。化粧され目を閉じた自分の顔が〈聖女〉という言葉を使ってもおかしくないほどの植物性を持っているので、満足感が胸を満たしました。ほら死んでる、死んでる、よく死んでるよ、よかったね、きれいに死んでいるよ、見事なものじゃないか。鶯谷は咳込むように笑いながら、細い腹をよじらせて、手足を蛾のようにひらひらと空中に舞わせて言いました。きれいだろ、死んでる方がきれいだろ、だから死ねばいいんだ。ヒガンバナの毒を含んだ紅色が紙の色をしたわたしの頬を縁どります。唇はそれと全く同じ色に塗り込められています。ヒガンバナという言葉にわたしは鼻の穴をくすぐられ、くしゃみしました。それから死体の鼻翼の膨らんだのが見え、たまらなくおかしくなりました。鼻がかゆければ死体もくしゃみするんだ、それは滑稽。笑いが波のように腹筋に押し寄せてきます。滑稽であることの方がきれいであることよりも強いんだ、そう思った途端に、トロンボーンのソの音が高らかに響きわたりました。もうだめだ、と鶯谷がつぶやくのが聞こえたように思いました。わたしは横たわってなんかいない、わたしはまだ落ち続けているんだ、とそのことに気がつくと、また落下が始まりました。それでも笑いは止まりませんでした。まるで笑いの中から電流があふれ出て、その力で空が遠くに押しやられていくようでした。わたしは自分の力で下へ向かっているのでした。彼岸と呼ばれるあちらの世でも、鼻がかゆけりゃ、くしゃみは出るよ、と歌いながら花びらが宙に舞っています。じっとしていないと化粧が崩れると分かっていても、その歌を聞くと死体は鼻に皺を寄せて笑い出してしまうのです。棺桶に入ると美人に見える女たちがいます。それが棺桶美人です。結婚式の時と同じで、非常事態を警告する化粧の白さが紅色の気持ちを無理に呼び起こすのです。それは血の色です。これから殺そうとする生贄を予め死体の色に塗って心の準備をします。自分の殺したものだけが美しい、と鶩谷は思っています。たとえ殺人という極端な行為に出る機会がなくても、目の奥ではいつも、棺桶の中にわたしを入れて愛しています。鼻を思いっきり膨らまして、頰を膨らまして笑えば、そこから逃れることができます。ふざけた笑いが美しさを損ねてしまうからです。それは良いことです。オカメのお面の真似をして、ヒョットコのお面の真似をして、わたしは鶩谷を怒らせました。そんな馬鹿なことをしていると、ヒロインになれないよ、死んでも誰の記憶にも残らないよ、と鶯谷は言いました。小説などではよく最後に女が死んでその死体がとてもきれいに見えるものです。でもわたしは美しい死体にはなりたくない。わたしは落下傘です。鶯谷がまた、もうだめだ、とつぶやきました。そうだ、自分は死ぬはずないんだ、飛び降りたわけじゃなくて、外へ出ただけなのだから。わたしは深く息を吸い込みました。そしてそれが地面でした。目の前に突きつけられた地面。胸の前で指をいっぱいに開いた両手の手のひらに今にも触れそうな、コンクリートの地表が、肌から三センチくらいのところでぴったりと止まっていました。そして、わたしの身体は地面すれすれのところで宙に浮いているのでした。

# 声のおとずれ

夜中にびりりんと宙を裂いて電話が鳴って重苦しい夢が突然破られ、ベッドから突き落とされて、自分が誰だったのかさえ思い出せないまま受話器を手にとっていいものかどうか迷いながら、こんなにけたたましい音に電話の呼び出し音をセットしたのは一体誰？　もっとやさしい音、たとえばウグイスの鳴き声であるとか、とそこまで考えて、わたしは自分がどんな人間だったのか、ちょっとだけ思い出した。絶えず何かに怯え、夜電話が鳴るとすぐに不吉な知らせだと考えてしまう、そういう人間。しかも起こってしまった悲劇の原因が実は自分にあると思っている人間。少なくとも何か自分の手触りみたいなものは戻ってきたので、腕を伸ばして受話器をむぐと握って耳に押し当てた。

色気のある低めの女性の声。かすかにしわがれている。どうやら名前を名乗ったようだが、うまく聞き取れなかった。「どなたですか？」

相手は同じ音の連なりを繰り返したが、母音も子音もわたしの知っている音韻体系にマッチしないのか、ちっとも脳に入ってこない。シャバカワ・シャバカワ、と鼓膜の表面を滑ってそのまま宙に消えてしまう。

わたしが困っていると相手は助け船を出すつもりなのか、あるインスタレーションのことで二十年前に電話でわたしと話したことがあると言う。全く思い出せない。企画は泡のようにひっきりなしに湧いてきてははじけて消えていくから覚えていなくても不思議はない、とひそかに思う。ところが相手は忘れたはずはないという確信を持ってぐいぐい押し切ろうとする。スポンサーが急にそっぽを向いてしまったいきさつ、それでも計画に参加した地元の詩人たちの間にサークルができて、今でも月に一度は集まっていることなど、真夜中に人を起こしてまで話さなければならない内容ではなかった。

「あの時、カセットテープを送ってくれたでしょう。わたし、目が見えないんです。」

そう言われた瞬間、脳内の思いがけない場所の土が盛り上がって中からモグラが顔を出すように、ある記憶がよみがえってきた。わたしはこの女性に頼まれてカセットテープを薄緑色の封筒に入れて送ったことがあった。何を録音して送ったのかは思い出せない。その封筒は、誰かが送ってくれたものを引き出しの中に入れて長い間とっておいたものだった。中途半端な大きさで、なかなか使う機会がなかったが、色が若葉のようにきれいなので捨てることができずにいた。カセ

ットテープを入れるのにはちょうどいい大きさだと喜んでその封筒に入れて送った翌日、彼女から電話があって、

「テープには何も録音されていませんでした。空のテープを送ったんじゃないですか」

といきなり言われた。お礼を期待して差し出した頰にビンタをもらって、わたしはむっとしたが、相手は怒りのギターをかきならす。首を鋭くひねったフラメンコダンサーに睨まれ、たじたじとなったわたしはやがて落ち着きを取り戻すと、

「そうですか。変ですね」

とだけそっけなく言い残して、そのまま電話を切ってしまった。

　テープに何も録音されていないはずはなかった。録音してから一度ちゃんと再生してみたのだ。わたしの声は少し音量が大きすぎるくらいはっきり刻み込まれていた。でも絶対に自分が正しいと言い切る自信もなかった。時々とんでもない失敗をやらかすことのあるわたしのことだから、封筒に入れる寸前に一瞬別のことに気をとられて、近くにあった空のテープを封筒に入れてしまったのかもしれない。もう一度録音して送ろうかと思っていると、翌日、彼女の夫だという人か

ら電話があり、

「昨日は本当にもうしわけありませんでした。どうやら妻は送っていただいたカセットテープを床に落として、別のテープを拾い上げてしまったようです。拾い上げた方のテープが空だったんですね。妻は目が見えないんです。今日はすっかり落ち込んでしまって、自分では電話をかけられないと言うので、わたしが代わりにお詫びの電話をかけさせていただきました」

しなやかでしっかりしたバリトンだった。気がつくと、昔からの友達のように打ち解けて話していた。最近落ちた隕石の話、植物人間の意識が二十年ぶりで戻った話、カラクリ人形の話など、向こうも話題が豊富なだけでなく、こちらが何を言ってもうまくボールを投げ返してくれる人だった。義足についての話になった時、男は突然こんなことを口にした。

「失礼かも知れないけれど、あなた、仰向けに寝るタイプじゃないですか」

声の調子は全く変わっていなかったので警戒心も起こらなかった。

「はい、そうですけれど。声でわかるんですか」

「ええ。気がつくとお尻の位置がお腹の位置よりも高くなっていたりするタイプでしょう。そのお尻を左右に振っていたりして。朝起きると枕の隣に涎のしみができていて、それがあまり大きいんで驚くとか。でも水分が多いのは、いいことですよ。乾いて木の人形みたいになってしまうとつらいですからね。」

「どういうことでしょうか？」

「指で訪問してみたいな、あなたの家。」

その時、男の背後でドアがばたんとしまる音がした。外出していた妻が帰ってきたのか、男は急に話題を振り出しに戻して、

「とにかく妻のことは許してやってください。時々そそっかしいことをして、自分が間違いを犯したくせに迷惑をかけた相手をののしったりするんです。気性が激しくてね。だから学校時代の渾名はカルメンですよ。それじゃ、また。」

相手は一方的に電話を切ってしまった。

「あれからもう二十年もたちましたね。年月の流れは速いですね。」

電話の向こうのカルメンは、二十年前の出来事とも呼べない出来事がまるで大きなプロジェクトか何かであったかのように感慨深く言った。

「あの時とはわたしの生活もすっかり変わってしまいました。まず、夫が二年前に亡くなりまして、一年前にはわたしも退職して、今はなんの心配もない年金暮らしです。」

なんの心配もない、というところで自嘲的な笑いが紛れ込んだ。そう言えばこの人は詩を書いたり、翻訳したりする他に、お役所勤めのような手堅い定職についていた。そんなことまで覚えていた自分に驚いた。人間は生まれてから見聞きしたことはすべて脳に保存されていて、ただ、ほとんどの情報は取り出すことができないだけなのだ、という人もいる。書類がぎっしり詰まった棚が天井まで続いている倉庫の中で暮らしているなんて、思っただけで息苦しくなる。不要な記憶は砕いて粉にして、船の欄干越しに海に捨ててしまいたい。

「あの時も話したと思うけれど、わたし小さい頃に親からはぐれて、港の近くの倉庫の中で寝ているところを発見されたんです。目が見えないだけでなくて耳も聞こえないと思われていたんです。もう三歳くらいになっていたのに何も話せなかったのはよほどショックなことがあったんだろうって後で精神科医のお医者さんに言われました。でも立派な学者夫婦にもらわれて、友達もたくさんできたし、大学院まで行かせてもらって、やさしい夫にも巡り会うことができて。」

　人生の総決算みたいな話を急にされ、置いてきぼりにされたわたしは、そのやさしい夫が電話で言ったことをいじわるい喜びをかみしめながら思い出していた。あなたの夫は電話浮気みたいなことを時々楽しんでいたんじゃないですか、と言ってやりたい気持ちを抑えて、

「わたしなんか忙しくて、過去を振り返っている暇は一秒もないんです。年金ももらえないし」

とこぼした。すると相手の肝臓にかっと火がついた。

「あなたは年金なんかもらわなくても、国際政治の花舞台で活躍しているでしょう。この間も文化大臣参加の座談会でラジオに出ていたじゃない。文学者の中でも日陰者のわたしとはたいした違いだわ。」

　わたしはあわてて弁解した。政治の舞台で活躍しているわけではなく、政治家も同席の座談会に出席しただけだということ。定職もなく、子供もいないし、遺産を相続するあてもないわたしには老後などあってはならない想像外の時間であることなど早口でまくしたてた。しかも活動のほとんどがボランティアで、良心

的なラジオ局からウグイスの涙ほどの出演料をもらうことがないわけではないけれども、不安定な生活なのだ、と言い訳がましく付け加えた。カルメンは黙って聞いていたが納得できないようで、

「でも、あなたは大勢の人に注目されて生きているでしょう。仕事上の知り合いもたくさんいるんでしょう。だから、あたしみたいに付き合っても役に立たない人間のことはすぐに忘れるようにしているんでしょう」

としゃべっているうちに自分の言うことに触発されて、ひがむ気持ちが膨張していく。電話なので距離はあってないようなものだった。顔を見れば感じられるはずの境界線が初めから存在しない。わたしは自分が不幸な人間であることを何がなんでもカルメンに納得させなければならない気になって、少女時代にある事故に遭い、それ以来身体の調子がよかったことが一度もない、と話した。

少女時代に身体が硬直し、仮死状態に陥ったことがあるのだ。意識だけははっきりしているのに身体が石になって、指一本動かせなくなった。両親はちょうど海外旅行に出て家を一週間留守にしていた。わたしは友達を数人招いてパーティでも開くつもりでひそかに楽しみにしていた。ところが一人になった翌朝、目覚

ましもかけずに昼まで眠りをむさぼり、さてそろそろ起きようか、と思ったところ、身体が動かない。左の腕のあたりから動かそうとしても、膝を曲げようとしても全く動かない。まばたきさえできない。焦りが不安に、不安が恐怖に凝縮されていったが、声を出すことも、電話をかけることもできず、心臓さえ鼓動していないような気がする。するとそこに偶然、知り合いの医者が訪ねて来た。それからの記憶がそっくり欠け落ちている。今思うと、医者が家に来てから硬直状態になったような気もする。「耳の穴でも、脇の下でも、膝の裏側でも妊娠してしまうような思春期独特の過剰な状態への反動として、ふいに全身が石になってしまったような硬直状態が訪れることはあるが、それは二日もすれば自然と解けるので全く心配なし」というような説明を医者から受けた。だまされているのだ、と思った途端、下半身がぱっかり割れて、中から小指くらいの大きさの鉛の兵隊が次々這い出してくるのが見えた。兵隊たちは着ている軍服にはアイロンがかかっているが、軍手は赤黒い血に染まっている。兵隊たちは身を起こし、敷居という名の戦争に向かって歩き出す。わたしが兵隊たちを生んだのだと誤解されたら困る。黄緑色の蠅叩きを手に取り、わたしはバシバシと兵隊を叩き潰していった。

カルメンは話が終わると溜息をついた。それから、それまでより親しみをこめた調子で尋ねた。

「そのあと、何が起こったの？」

「両親が旅行から帰ってきて、普通の生活に戻った。」

「そのお医者さんとは再会することがあったの？」

「なかったと思う。だいぶしてから、遠い土地に移り住んだという話を聞いたんだけれど、それっきり。」

カルメンは黙ってしまった。息苦しい沈黙から逃れるために、わたしはよく考えてみもせずに、今度仕事でカルメンの住んでいるK市に行くことになっていると話してしまった。

「最近はホテル代が高くなっているけれど、そんなの払う必要ないわよ。うちに泊まっていきなさい」

とカルメンがほとんど命令するような口調で言った。あれだけお金のないことを強調した後で、ホテル代くらいは出せると言うわけにはいかなかった。もし真夜中でなかったら、うまく言い逃れすることもできたかもしれないが、この時のわたしは寝ぼけた子供のように夜の女王の命令に従うほかなかった。カルメンがK市の中央駅から郊外にあるアパートへの行き方を説明してくれた。

電話を切ってベッドに戻り、掛け布団を頭までかぶってすぐに眠りに落ちた。夢が次々高波のように押し寄せてきた。わたしの身体はその度に眠りの表面まで持ち上げられては、また波間に沈んでいった。

夜が明けて、まぶしさに感謝しながら、深い意味もなく左手でコーヒーをいれ、一口目を飲んだ時、まだ一つだけ覚えていた夢の断片があった。どういうわけか着ていた服が全部なくなってしまったために裸で家に帰らなければならなくなった夢だった。平気な顔を保って速足で歩けば、わたしが裸であることなど誰も気にとめないだろうとも思ったが、なかなか外に出る勇気が出ない。わたしが立っているのは倉庫の中で、少し開いた扉から光がさしこんでいた。目が慣れてくると、倉庫の奥に木箱が積み上げられているのが見えた。それだけでなく、スコップやハシゴなどいろいろな道具が収納されていた。箒にばっさり掛けてあるジーンズは、わたしが十五歳の頃にはいていたものだった。膝から下がチューリップのように広がっていて、左右に花の刺繍がある。誰が保存しておいたのだろう。もう何年もジーンズと呼べるものをはいていない。それから目の前にある清掃用のバケツの下に敷いてあるのがわたしの白いブラウスであることに気づいた。バケツをどけてみるとブラウスは汚れていない。イニシャルが胸に刺繍してある古風なブラウス。幸い、乾いている。これで裸のまま家に帰らなくてもよくなったのだから喜んでいいはずなのに、わたしの服を粗末に扱った犯人への怒りで息がつまりそうだった。その時、後ろから抱きしめられた。

「もう許してあげたら。」

後ろから耳に熱い息を吹き込んでそう囁くのは秘書の女性で、わたし自身がその秘書を雇っていることを思い出したが、秘書付きの何かの役職に付くまでの過程がすっぽり抜けている。しかもわたし自身何か犯罪に手を染めたのか、秘書は共犯者のようなことを言った。

「あっちの方はもう始末つけたから忘れても平気。絶対生まれてなんかこない。誰にも言わないから安心して。だって犯罪ではないでしょう。殺したわけじゃないのだし。殺してしまいそうになる相手が存在し始めないように事前に手配したのだから、犯罪と呼ぶことはできないでしょう。」
　脅迫しているのかもしれないが、耳を傾けていると甘い香りに包まれて、そのまま眠ってしまってもいいな、と思う。わたしの人生はわたしを置いてきぼりにしてかなり先まで進んでいて、すでにこのような秘書がいて、しかも媚びているのではなく、こういう喋り方が未来の時間の中では普通になっているのかもしれないし、こしゃこしゃ考えるのはやめて、ただうっとり身をゆだねていればいいような時代が来ているのかもしれない。気持ちのいいことがあるとすぐに夢ではないかと疑うのはあまりにも懐疑的すぎないか。「夢」という単語に突き当った瞬間、目が醒めた。

　K市は華やかな城下町である。春にはいち早くクロッカスが地表をやぶいて顔を出し、空がクレヨンで塗ったみたいに群青色になる。北部から来る長距離列車はみんな長い鉄橋の上を走り、幅の広い川を渡りきったところで中央駅の建物に入る。プラットホームはいつもごったがえしていて、気のせいか、他の町よりも派手な色の服を身につけた人が多いようだ。名所を訪れようと地図を片手にあたりを見回す人たちが駅前に溢れ、花屋の店先には豪勢な花束が並んでいる。いつものわたしなら町中のホテルに到着するまでにはすっかり町の陽気さに染まって、頬の肉がゆるんでいる。それが今回はちょっと違った。

カルメンに電話で教えられた通り、中央駅から近郊電車に乗った。電車のドアが閉まった途端、冷えて苦り切った煙草の煙と、床にしみこんだビールのにおいが鼻を刺した。向かいの席には、髪の毛をトウモロコシ色に染めた若い女性がすわっている。ビーズをたくさん縫い付けたピンクのTシャツの下でメロンのような乳房が物憂げに揺れ、目はどろんと濁っている。日の光が窓ガラスを通して斜めに差し込むと、頬の表面に白粉が粉っぽく浮きあがって見えた。歳はまだ十六、七なのに生活の疲れを化粧で隠そうとしている。二人分くらい間をあけて隣にすわっている男は、毛深い腕に百合の花の刺青をあおく浮き上がらせ、ぷっくり出たお腹に妊婦のように手を当てている。スニーカーは踏みつぶされ、かろうじて足にしがみついている。車内にはもう一人、途中の駅で乗ってきて、席はたくさん空いているのにすわろうとしない六十代の男がいる。スポーツ新聞をくたびれたコートのポケットにつっこんで窓の外をぼんやり見つめている。失業という言葉が浮かんだ。

グルットン、グリットンと電車のたてるだるそうな音がさっきまで乗っていた特急のキーンという音とあまりにも違い過ぎる。遅いだけでのどかさは全くなく、やっと走っている感じだった。早くこの電車を降りたい。降りる駅の名前はなんだっけ？　ポケットからメモ帳を出して書き記した駅の名前を何度確かめても暗記できない。わたしの中の何かが覚えることを拒んでいるかのようだった。

白と灰色の島が点在する、どこか寂しげな海洋地図のように見えるのは、鳩の糞でまだらになったプラットフォームだった。島と島の間を行き来するタンカーは、踏みつぶされた煙草の吸い殻だった。しっかり踏みつぶされるとこんなに四角くなるものかと、いつまでも感心して眺めていた。先へ進むのが億劫で、このまま向かいのホームに着く電車を待って中央駅に戻りたくなった。

誰もいない駅の階段をゆっくり下りていくと、頭上の高架を唸らせて電車が通過した。これからたった一人で目的地に辿り着かなければならない。遠くないとカルメンは言っていたけれど、どちらの方向へ進んだらいいのか見当がつかない。

道路は駅からまっすぐ延びているわけではなく、線路を無視して斜めに走り、合間にできてしまった空き地は誰にも関心を持たれないまま放置されている。それぞれ勝手な方向を向いて建てられたアパートたちの間には雑草が生え、ゴミが放り込まれた空き地が目立ち、わたしは早くこの場を離れたいのだが、右へ行こうとすれば小さな工事現場があって通り抜けができないし、左に渡ると歩道が壁に突き当ってそこで終わっている。家と家の間にできた道とも呼べないほど狭い隙間に身体を割りこませて、やっと向こう側に出た。

ところが「向こう側」も気の滅入る場所だった。まず、道の真ん中に動物の死骸が横たわっていた。ネズミにしては大きすぎるし、猫にしては小さ過ぎる。ねっとり脂ぎった柔らかそうな灰色の毛に包まれ、身体をまるめているので、爪はお腹に隠れて見えない。額から角が一本生えている。それが根本からばっきり折れているのが痛々しい。わたしはあたりを見回した。誰もいない。わたしが殺したわけではない。いつの間にか迷い込んでしまったこの流れの外に出たい。目をつぶると、近くにあると思われる工事現場から聞こえてくる地ならしの機械音が大腸に直接響いた。

やっと見つけたカルメンのアパートはドアも廊下も事務所のように殺伐としていて、しかも建物の中に入ってからエレベーターの前で階段を二段だけ登るようになっているところなど、思いやりに欠けている。

エレベーターの内部は壁が汚れていて、しかも金属が剝き出しになった四隅が錆びている。スイッチの数字は何億回も押されて、かすれてほとんど読めない。その数字の横に貼られた点字のシールだけが、降りたての雪のように真っ白だった。

ドアをあけてくれたふっくらした女性。これが初めて見るカルメンだった。頰の肉も、豊かな巻き毛も、腕も、胸もすべての重みがゆったりと下へ向かっている。黒いサングラスに隠れて瞳が見えないので、身体そのものの実在感が前面に出てくるのかもしれない。わたしたちは長い間会いたくても会えなかった幼な友達のようにしっかり抱き合った。柔らかい絹のワンピースの下には肉の柔らかさがどこまでも続いていて、どんなに強く抱きしめても骨には到達しそうになかった。

「場所はすぐに分かった？　寒くなかった？　夕べから急に気温が下がったでし

ょう。」

気遣うカルメンの声は、わたしに対する好意に縁の縁まで満たされていて、反感の生まれる余地はなさそうだった。反感を持たれることを予想してかかるのは変かもしれないが、わたしは日常生活の中で相手の目の中に棘を感じることがよくあった。言葉のやり取りがあってから反感を持つのではなく、わたしの姿にぱっと目をやった瞬間、憎しみを感じるようだった。どうやらわたしの顔には何か相手をいらだたせるものがくっついているらしかった。カルメンにはわたしの顔が見えない。声をよく聴いて、そこからわたしのイメージをつくりあげてくれる。みんなカルメンのように声でわたしを判断してくれればいいのにと思った。

恋人同士のような長い抱擁をやっとほどいて、わたしはトランクを開け、おみやげのＣＤを出して、その表面でカルメンの手の甲に軽く触れた。

「これ、気に入ってもらえると思うんだけれど。」

人にプレゼントをあげる時は、いつもなら念入りに紙を選んで包むのに、今回は全く包んでこなかった。わざわざ中味を見えなくして、包み紙を開けた時にそれが現れるというラッピング演出が子供だましに思えてしまったのだ。ＣＤに被

せられている透明のビニールが廊下の電気を反射してニンマリ光った。カルメンは口元に熟練女優のような微笑を浮かべて、

「わたしたちの出逢いはカセットテープだった。それが今はもうＣＤでさえ姿を消していく時代になったのね」

と言いながら、ＣＤの四つの角を大切そうに順番に指で触り、

「音だけ与えられれば、別に入れ物はいらないんだけどね。テープとかＬＰ盤とかＣＤ盤とか携帯とか。でも入れ物がないと、どこに音がしまってあるのか見つけられなくなってしまう。だから音楽はいつまでも入れ物を必要とするのかもね。わたしは生演奏が一番好きなんだけれど、この頃、コンサートには行かれなくなったから」

と付け加えて寂しそうに笑った。

　これから応接間に連れて行かれるのだと思うと、わたしは少し身構えた。応接間は苦手だった。面白い詩を書く人が家具屋の広告通りにソファーを並べているのを目にするとがっかりする。低いソファーにすわると腰から下が急に重くなって、なんだか本や芝居の話をする気が萎えてしまう。それで、共通の知り合いの

息子が大学に入ったとか、この絨毯はどこで買ったとか、平坦な話をしながら、気持ちがどんどんしらけていく。

ところがカルメンの「応接間」はこれまで見たこともない種類のもので、もしカルメン自身が「それでは応接間にどうぞ」と言わなかったら「応接間」という言葉さえ思い浮かばなかったかもしれない。

頑丈な木造りの大きな机の四方を木のベンチが囲んでいる。つめて座れば十人以上すわれるだろう。高校の文芸部の部室にしてもおかしくないし、こんなテーブルのある静かな喫茶店があったら毎日通って読書してもいい。国語の宿題をする子供のようにノートに鼻を近づけて一字ずつ丁寧に字を書くのも楽しそうだ。そんな気持ちにさせてくれる高さのテーブルなのだ。

ベンチの上にはクッションが落ちないように特製の紐で固定してある。クッションカバーはつるつるした紫の生地のものもあれば、もさもさした茶色い生地のものもある。全くの寄せ集めのようにも見えるが、どこか共通点がある。同じ回数、同じ洗濯機の中で回転した、という共通点かもしれない。テーブルクロスもわたしの苦手なレースではなく、赤と白のチェックの麻で、それが上から厚めのしっかりしたビニールでぴったりと覆われている。

「ここにもう何年くらい住んでいるの？」

「ちょうど四十年。夫が死んで二年たつけど、まだ、そこに立っているような気がしてならない。家の中が全く同じなのに夫だけが抜け落ちてしまったのが不自然でね。」

　このアパートは、入り口や廊下がかなり古びていた。おんぼろアパートでごめんなさいね、などと誰もが言いそうなことをカルメンが言ってくれれば、でも中は住みやすそう、特にこの部屋は好き、とすぐに答えを返せるのに、カルメンが何も言わないので誉めようがなかった。どうやら、特におんぼろだとは思っていないようだった。

「引っ越したいとは思わないんでしょう。」

「思わない。」

「あなたの連れ合いとあの時電話で話したけど、とても感じのいい人だった。それでつい長話しちゃった覚えがある。病気で亡くなったの？」

「糖尿病。」

夫もカルメンと同じようにぽっちゃり太っていたのかもしれない。驚くほど身体つきの似た夫婦がいるものだが、数十年間夕食に同じものを食べていると似てくるのだろうか。

「何か飲むでしょう。お湯、湧かすから。」

「何か冷たい飲物をもらおうかな。自分で取ってくるから、すわって待っていて。」

そう言って台所へ行こうとするわたしをカルメンは変にきっぱりした「待って」でとめ、応接間の戸棚を開けて中から迷わずボトルの首をつかんで引き出し、

「コニャックもあるけど、どう? 飲まない?」

と誘って、そのボトルをテーブルの上にトンと置いたかと思うと、すぐにもう一本別のボトルを戸棚の中から出して隣に並べて、

「ウィスキーもあるけど」

と付け加えた。まだまだボトルが出てきそうなので、わたしはあわてて、

「わるいけど、わたしは飲めないたちだから一人で飲んで。今、グラスを持ってくるから」

と言い残して、ヒョッヒョッと足をあげて台所に逃げた。自分自身の滑稽な歩き方に思わず笑い出しそうになったが、実はうちでもよくヒョッヒョッと走っている。他所の家に行った時はさすがに走らないが、カルメンの動きがあまりにも遅いからか、あるいはカルメンに見られる心配がないからか、ついいつもの癖が出てしまった。

炭酸入りミネラルウォーターの瓶と、ウィスキー・グラスを二つ持って応接間に戻ると、部屋の中がかなり暗くなっていることに気がついた。カルメンはウィスキーのボトルの首根っこを握ったまま、

「どうしようかな。飲もうかな、やめようかな」

とまだ迷っている。

「わたしにかまわないで、好きなものを飲んで。」

「お酒はひかえるようにって、この間お医者さんに言われたばかりだから、コーラにしようかな。冷蔵庫の中にまだあったと思うけれど。」

その時、台所でガチャンと音がした。わたしはあわてて台所に戻ったが、床に物が落ちているということもなく、何が音をたてたのかすぐには分からなかった。

応接間に戻るとカルメンがボトルを戸棚の暗闇の中に戻しているところだった。部屋の中もかなり薄暗くなっていたが、戸棚の中は真っ暗だった。そこからガラスとガラスのかすかに触れあうカラアン、カラアンという音が聞こえてきた。夜の森にガラスでできた樹木が立ち並ぶ。わたしは手探りで森の中を歩いて行く。足元が見えない。根っ子につまずきそうになる。透明な樹皮を通して黄金色の液体が揺れているのが見える。

カルメンは腕を棚の中につっこんだまま立ち尽くしていた。お酒の森で枝に袖が引っかかって腕が引き出せなくなったようにも見えた。

「大丈夫？　手伝おうか」

と声をかけると、やっと思い立ったように腕を引き抜いて、

「ちょっと失礼。大自然のお呼びです」

とおどけた調子で断ると、応接間を出て行った。

カルメンが部屋からいなくなると、部屋の中から色彩が消えてしまっている。わたしは立ち上がり、電気をつけた。他人の家の明るさを勝手に決めるのは初めてだった。

スタンドライトのキノコの傘から白いみずみずしい光が溢れ出ると、窓ガラスの向こう側に見えていた町の夜景は消えて、その代わり窓際に並ぶ高さ二十センチくらいのフィギュアたちが妙に立体的に浮かび上がった。ロダンの考える人、フラメンコ・ダンサー、砲丸投げをする古代ギリシャ人、ドナルド・ダック、地球を背負うアトラス、レーニンの胸像。どれもが派手な色に塗りたくられ、まわりとの色彩的調和など全く気にしていない。背丈はどれも十五センチくらいで、ぱっと見て誰なのか分かるようにつくられてはいるが、よく見るとドナルド・ダックもレーニンもわたしの見慣れた顔とどこか違う。これは触るための人形なのかもしれない。目で見るから違っているのであって、指で触ればちゃんと顔の特徴の要所要所がつかめて、最終的にはわたしの思い描いているのと同じ顔になるのかもしれない。そんな人形があるという話をどこかで聞いたことがあった。

部屋に戻って来るなりカルメンは水道の蛇口を最大限にひねったように話し始めた。

「わたしは動きが遅いから見ていていらいらするでしょう。ごめんなさいね。夫はもっとゆっくりだったの。夫は生まれた時から目が見えなくて、最後の方は耳ももうほとんど聞こえなくなっていて、糖尿病がひどくなって入院した時はいつもそばにいて助けてあげたかったんだけれど、わたしじゃ全く役にたたなかった。夜、仕事が終わってから会いに行った。行けない日もあった。病院での扱いはひどかった。看護婦さんがたいへんなのは分かるんだけれどね、でも抵抗できない人ほど酷い扱いを受けるの。そんなこと驚くに値しないって思うかもしれないけれど、弱者がひどい扱いを受けるのを実際に見て、人間ってそういう残酷な性質を持つ生き物なら、早く絶滅した方がいいなんて考えたことさえあった。」

カルメンの夫も目が見えなかったことをわたしはこの時、初めて知った。二十年前に電話で話した時には、夫は自分が妻を守り、妻の面倒をみてやっているのだ、という口調で話していたが、実際にはお互い助け合っていたのだ。

「お腹空いたでしょう。パエリアは好き？」

「すごく好き。」

「それじゃあ、今パエリアをつくるから。」

「手伝うから、なんでも言いつけて。」

「料理はいつも夫がしていたんで、わたしは冷凍食品しか作れないんだけれど、いいかしら?」

　カルメンは冷凍庫から、ざらざらと冷たく、どこか贅沢な氷の音がする袋を取り出した。わたしはフライパンの中で油がジュワジュワはねて、火の燃え移った布巾が幽霊のようにふわっと宙を飛んでカーテンに炎が燃え移り、炎の柱が立つところを思い浮かべて一瞬ぞっとした。カルメンは火を使う必要などなかった。凍りついて塊になったサフラン・ライスやエビやグリーンピースをぼろぼろと大皿にあけて、電子レンジに入れて、時間をセットした。

「一人で暮らしていて不安はないの?」

「もう四十年も住んでいるアパートだから、自分のコートのポケットの中みたいに隅々まで知り尽くしているの。この電子レンジだって、いつ買ったのか思い出せないくらい古いの。」

「最近の電化製品はわざと数年で壊れるように製造されているらしいけれど、昔買ったものは壊れないから、これまで買い換えないで来てよかったね。」

「わたしはね、今持っているものを全部、死ぬまで使うつもり。もし電子レンジが壊れたら、もう電子レンジというものを使うのをやめる。冷蔵庫が壊れたら、冷蔵庫のない生活に入る。どんどんシンプル化していくの。そういう生活の変化なら恐くない。」

「それでも不安な時ってないの？　たとえば、壁にヒビが入り始めたり、天井から赤い大きなキノコが生えてきていたりとか、そんなことがあったらどうするの？　音をたてない、ニオイもしない変化。」

「週に一度、ヘルパーさんが来てくれるから大丈夫。彼女は掃除だけでなくて、家の中に異常がないか点検してくれるの。一人暮らしの欠点は、全然別のところにあると思う。まず、言葉をぶつける相手がいないこと。一日に五百語は口にしないと人間は病気になるって言うでしょう。わたしの場合は五千語かもしれない。たとえ天井からキノコが生えてきても、そのキノコが話し相手になってくれるならどうぞ生えてくださいって感じ。」

「詩人の集まりをやっているんでしょう。」

「月に一回ね。でも人間は毎日人と話をするようにできているのよ。」

カルメンは、観音様とアフロディティがいっしょになったような美しい顔立ちをしていた。顔の神経のそれぞれが相手の心情にこまやかに反応し、暖かいだけでなく調和のとれた微笑みを浮かべる。髪はきれいに結い上げられ、ほつれ毛もなく、肌は赤ちゃんのようにほっくり白く、襟にも乱れがない。むきだしの腕は柔らかそうだが脂肪が蓄えられ過ぎて少し垂れ下がっている。そんな腕の肉をまるで欠点を漁るように凝視する自分自身の無遠慮な目にどきっとして、目をそらした途端カルメンが、

「あなたはきっとスマートなんでしょう。声でわかるわ」

と言った。わたしはあわてて、

「彼のお墓はどこにあるの？」

と話のレールを無理に切り替えた。

「それが遠いのよ。電車で五時間。遠すぎる。家族の墓があるから、そこに埋められちゃったんだけれど、遠くて知らない町だから一人では行けないの。彼は家族からは見放されて、お互いほとんど無関係に暮らしてきたのに、どうして家族の墓に入らなければならないのか、理解できない。」

「でも、妻の方が親兄弟よりもいろいろなことを決める権利があるんじゃないの？」

「実はわたしたち、正式には結婚していなかったの。若い頃、結婚なんて差別の根源だって信じていたから。そうでしょう。普段は人種差別反対を唱えている人でも、息子の結婚相手が外国人だと反対するとか、よくあるでしょう。障碍者についても同じことが言えるの。だから結婚そのものを否定してきたんだけれど、でもあの人の命が危なくなった時、法的な家族以外の人は死に目に立ち会う権利もないって知ってショックだった。法的家族はお見舞いにさえ来なかったんだけれどね。」

カルメンが大皿に取り分けたパエリアをわたしが応接間に運んだ。遅れて入って来たカルメンの手には、ナイフが三本とフォークが一本握られていた。触覚でオブジェを見分けるプロでもこんな初歩的な間違えを犯すことがあるのかとアマチュアのわたしはほっとして、

「フォークが一本足りないから、とってくる」

と言うと、カルメンはぷっと吹き出して、

「またやっちゃった。ほら、これ、おかしいでしょう。ナイフなのにフォークの握り手が付いている不良品が一本あるの。だから間違えたの」

と言った。意外だった。ナイフとフォークをかすかな違いしかない握り手で区別するという発想がわたしにはなかった。先端を触ればすぐに区別がつくのに。そう思った瞬間はっと気づいた。誰だって客の使うナイフやフォークの先に触ったりはしない。

冷凍パエリアは貝が驚くほどたくさん入っている。エビは嚙むとぷしゅっと汁が出て脳の中にある海と呼応しあう。グリーンピースはかすかに粉っぽい。ご飯はねっとりして芯がある。サフランの黄色が過激すぎて、落ち着かない気持ちになってきた。

ふと目をあげると、カルメンの頰に黄色いご飯粒が一粒くっついている。と思った途端わたしが何も言わないのに、

「あら、ごめんなさい。わたしったら、ご飯粒なんか顔に付けて」

と言ってカルメンは指先でさっとつまんで取り除いた。読心術を心得ているのか、それとも肌の感覚が鋭いのか。わたしは食事中に顔に何か付いていると言われるとあわてふためいて顔中を撫で回す。相手に、もっと右だとか、斜め上だとか言われるとますます動揺して、顔中を引っかき回すことになる。自分の顔が、これ

まで歩いたことのない地形のように思え、あたふたする。

目の前にあるカルメンのお皿にそっとゴキブリを置いて知らん顔をしていたらどうなるだろう。口に入れてから、あら、このエビなんだか味が変ね、と言うだろうか。

わたしの脳の片隅にこれまで気がつかなかったドアがあって、そのドアが急に開いて、見たこともない人たちが中に入って来た。その人たちは恐ろしいことをためらいなく実行する。わたしは特に思いやりの深い人間ではなかったが、人を虐めたことはない。小学校の頃はむしろ、弱い者虐めをしている子を見るとかっとなって、やめさせるような性格だった。そうすることで逆にみんなに虐められた経験もなく、すぐにみんなわたしの味方になってくれたので、恐い者知らずの正義漢だった。と自分では思っていた。

ところが今、お皿を両腕で囲むようにして、パエリアを食べている幸福な子供のようなカルメンを見ていると、料理の表面が黄色い大地に赤い花の咲く楽園のように見え、それを踏みにじりたくなる。それは自分の中から湧いてきたのではなく、誰かがわたしの中に持ち込んだ異様な欲望だった。わたしが絶対に薬もお酒もコーヒーさえも飲まないのは、自分ではコントロールできない化学変化が身体の中で起こるのが恐ろしいからだった。

　カルメンはナイフとフォークの動きをとめて、こちらに向かって微笑んだ。視線にも質量があるに違いない。カルメンはそれを肌で感じるのだ。わたしはどうにかして普通の会話をしようとして、

「年金生活なんて羨ましい身分ね。どこに就職していたんだっけ？」

と訊いてみた。口にしてから後悔した。わたしはカルメンが何十年も勤めていた機関の名前さえ知らないのだ。友達同士のように振る舞っているけれど他人なのだ。カルメンはそんなことは全く気にならないようで、むしろ訊かれたことを喜んでいるようだった。

「水道局。外国から来た問い合わせや資料や書類を翻訳する仕事。だから一応、言語を扱う仕事だったんだけれど、でも水質検査とか、そういう内容ばかりで、わたしには退屈だったわ。ひとつ嬉しかったのは、お役所だから毎日夕方五時きっかりに帰れたこと。家に帰って、夫のつくったおいしい料理を食べてから、詩を訳したり書いたりする自分の時間もあったし。詩はあまり発表できなかった。

それが一番の不満かな。昔は労働組合の仕事も生き甲斐だったけれど、それもいつからか下火になってきて、あとは特に趣味みたいなものもなかったの。敢えて言えば語学が趣味だった。数年前にロシア語の勉強を始めて、モスクワに行くという長年の夢もついに果たしたし。一つだけ困ることは辞書が場所をとること。本はどんどん増えるから、整理して必要な本以外は家に置かないで、点字図書館から送ってもらって読むことにしているんだけれど、この辞書だけはどうしても手元に置いておきたい。」

わたしが何も答えられずにいるとカルメンはいたずらっぽく笑って、

「辞書が場所をとるっていうのが、ぴんと来ないんでしょう。ついていらっしゃい。」

カルメンは席を立ち、食べかけのパエリアをそこに残して隣にある書斎に入った。細長い、幅の狭い部屋で、左右の壁は天井まで本棚に覆われている。背表紙はどれも白く、小さなつぶつぶが浮き上がっていた。カルメンは額の高さに一列に並んだ背表紙を指先で左から右へすうっと軽く撫でて、

「これが普通のロシア語の辞書なの。全二十巻」

と言った。わたしは和紙をたたんだような、ふわっと軽い白い本を一冊取り出して開いた。実験詩のようにゆったりと配置されている凹凸。辞書と言えば活字が黒々と蟻のように集まっている光景を思い浮かべるが、この辞書は米粒を撒いた雪野原のようだった。紙はインクの黒に汚されることなく、純白のまま、ゆっくりと息づいている。白い本がこの世にあること自体、奇跡かもしれない。

もう一つ驚いたことがあった。「ロシア語の辞書」と言われればすぐにキリル文字を思い浮かべるのに、点字に翻訳されれば、ラテン文字のアルファベットも漢字もアラビア文字もその異国的な外見を脱ぎ捨てて、世界共通の凹凸に翻訳される。植物の繊維を残した天然紙でできていて、羽毛のように軽く、体温があり、決めつけるような黒い色に染まっていない本。それが究極の翻訳書のようにして目の前にあるのだった。胸がどきどきしている。今この一冊をこっそり自分のトランクにしまってもカルメンはすぐには気づかないだろう。何週間、あるいは何年もたってから、知らない単語を引くためにこの巻を捜して、背表紙の列を指で辿り、指を何度往復させても、なぜその巻だけ欠けているのか不思議に思うかもしれない。ヘルパーさんが来た日に、どこかに一冊置き忘れていないか尋ねるかもしれない。そしてふと今日のことを思い出す。わたしの声ににじみ出ていた本へのねばっこい執着と所有欲。もしかしたら、こっそり持って帰ってしまったのではないか、という疑いがカマキリのように首を持ち上げるだろう。そう言えば、辞書を見せてから食事に戻った時に言葉の合間にかすかなよそよそしさが忍び込んだような気がした、とそこまで考えてカルメンははっとして、そのまた二十年前にカセットテープのことでわたしを責めたことを思い出すかもしれない。わたしはこの本のように純粋潔白で、カルメンが床から拾い上げたのが別のテープであったことを。

わたしは読めもしない本を盗もうとしている。読めないことへの劣等感を平気で盗めることへの優越感に刷り換えようとしているのか。馬鹿馬鹿しい悪戯はやめようときっぱり諦めることができず、むしろ、盗みたければ後でも盗めるし、明日でも盗めるというずうずうしい計算から、とりあえず辞書を本棚に戻した。わたしは本が好きで若い頃はもっとお金がなかったが、本屋で万引きしたことがなかった。生まれつきものを盗めない性格なのだ。とこれまで思っていた。

応接間に戻ると、カルメンは無言でパエリアを食べ続けていた。わたしが戻ったことは音でわかるはずなので、その反応のなさは、冷たさなのだろうか。何か感づいているに違いない。さっきの朗らかな場の雰囲気を取り戻したかった。辞書の話と言えば、最近目がわるくなって辞書を引きながらロシア語の小説を読むのも苦痛になった、と言おうとしてやめた。冷凍食品を人といっしょに食べる方が健康食品を一人で食べるより健康だ、と言おうとしてやめた。

結局わたしたちは黙ってパエリアを食べ終わり、カルメンが立ち上がって食器を片付けようとするので、わたしはあわてて二人の皿にナイフとフォークをそれぞれ乗せて、

「わたしが洗うから」

と言って台所に逃げ込んだ。洗剤をお皿にたらしてスポンジでこすりながら、この作業なら目をつぶっていてもできる、と思った。普段でも目には見えない透明なご飯粒が付いていないか確かめるためにお皿を指で触ってみることがある。食の痕跡は点字になって皿に残る。カルメンが台所に入ってきた。

「お客様に洗いものまでさせて申し訳ないわ。置いておいてくれれば明日洗うのに。それより、食後のブランデーはどう?」

飲めないお酒を無理に飲んだら、また未知のドアが開いて、もっと大勢の見知らぬ人たちが脳の中に入ってくるかもしれない。わたしが黙っているとカルメンは笑って、

「せっかく遊びに来てくれたのに、お酒飲ませて無理に一晩中おしゃべりにつきあわせたんじゃ、もう二度と来てもらえないわね。疲れたでしょう。もう寝る支度をしましょう」

と言ってバスルームに向かった。わたしは後からついていった。カルメンはかけてあった自分のタオルをとって胸に抱きかかえ、

「あなたのタオルはベッドの上に置いてあるから、使ったらここにかけて。わたしのタオルは別の場所に置くから」

と言う声が昼の日差しに白くたなびく洗濯物のようで、闇の中で静かに揺れるブランデーはわたしの意識から遠のいていった。

バスルームのドアを閉め、鍵まで閉めて鏡を覗き込むと自分の顔がいつもと違って見えた。口のまわりが少し盛り上がって目と目の間隔が広がり、野ねずみの顔になっている。白目はほとんどなくなっていて、目の玉だけがぎらぎら光って

いる。わたしと同じ顔をした生き物の数を増やしてはいけない。それはすでに少女の頃に感じていたことだった。子供は一人でつくるものではないので、うまく二つの遺伝子が混ざりあって極端な悪は中和され、第三の人格ができあがるのだと言う人もいるが、わたしはそうは思わない。破壊的な性質が確実に受け継がれ、それ以外のものを押しのけて、はっきり世に現れてくるだろう。その時わたしは、自分が生んだものを自分の手で殺すことになる。そのくらいならば初めから生まない方がいいのだ。

歯ブラシでやけになって歯を磨いている自分に気がついて力を緩めたが、すでに歯磨き粉の味は石鹸の味に近づいていたし、泡が口の中からどんどん溢れて蟹になっていた。泡吹いた、泡吹いた、と心の中で繰り返しながら口をゆすいでバスルームを出ようとしてドアを開けると外に立っていたカルメンの額にドアがぶつかってしまった。ごちんという音がしたので、あわてて謝ったがカルメンはけろっとした顔で、

「平気よ、全然痛くなかった。それより、この本を見て。わたしの書いた本をあなたにプレゼントしたいの。でも、それがこの本かどうか自信ないから、わたし

の代わりに確認して」

と言いながら一冊の本を押しつけてきた。薄い本なのにひどく重い。しかも、うんざりさせる種類の重さだった。こんな重い本は持ち帰りたくない。本棚の下の隅にでもつっこんでおけば、わたしが本を置いていったことにカルメンは気がつかないだろう。

相手の弱みがどんどんわたしの中の邪悪さを引き出していく。このまま放っておいたらわたしはどうなってしまうのだろう。防波堤をつくらなければいけない。頑固な正義感、融通の利かない、言い出したら聞かない真実一辺倒、馬鹿正直さ。それが今のわたしを救ってくれるかもしれない。どんなに退屈そうな本でも絶対にもらって帰って読むのだ、と自分に強く言い聞かせて本の表紙に目をやった。

「世界文学の自殺者たち」。

目次を見ると世界の文学者たちの中で自殺した人たち百人の名前が並んでいる。第二部には、小説の中で自殺した登場人物五十人の名前が並んでいる。世界文学の自殺者たち。これはわたしがずっと昔から読みたいと思っていた本ではないか。そういう本が実際に存在するとは知らなかったけれど、もし知っていたらすぐに買ったはずの本。

「ありがとう。すぐにでも読んでみたい」

とカルメンに本心から礼を言うと、それがどういうわけか、そらぞらしく聞こえた。本をもらってこんなに嬉しかったのは久しぶりなのに。

「それじゃ、おやすみなさい。これ以上は邪魔しないから」

と言ってカルメンは奥の寝室に引っ込んでしまった。わたしも本を持ってベッドのある客間に入ったが、ひどく蒸し暑かったのでまず服を脱いでしまった。すると、まだ閉めていなかったドアの向こうにカルメンが姿を現した。あわてて服を拾い上げて前を隠してから、その必要のないことに気づいた。

「蒸し暑いでしょう。外の空気を入れましょう」

と言いながらカルメンは部屋の奥に入って窓を開けてくれようとするので、

「自分で開けるから平気。ありがとう」

と両手でカルメンを部屋から押し出した。接触したのは手の平だけだったので、カルメンはわたしが裸であることに気がついていないはずだった。

窓を開けようと思った途端、そう簡単にはいかないことに気がついた。窓を開けるためには、窓際に並んだ陶器の人形たちを全部どかさなければならなかった。つまりこの窓はめったに開けられることがないということではないのか。金髪を波立たせたローレライの人形は、青い目の大きさが左右で違う。アテネの市民のレプリカは、個々の市民をよく見ると、鼻や手の平がアンバランスに大きかったりする。ヴィシュヌは、身体のプロポーションは悪くないが、なぜか毒々しい緑色に塗りたくってある。エッフェル塔、ケルンの大聖堂、タージマハール。どれも末端が肥大する傾向にある。タキシード姿のきどった紳士と貴婦人が腕を絡ませて社交ダンスをしている。よく見ると紳士は勃起している。これはポルノショップで買ったのかもしれない。陶器の人形を全部どけて、やっとすっきりした窓際に立ち、両開きの窓を押し開けると、夜風が肌をさっと撫で、自分が裸であることを思い出した。

バスルームに行くためだけに服を着る気がしない。カルメンにとっては、わたしが裸でも服を着ていても同じなのだ。人の家の廊下を裸で歩いたのは初めてだった。見られることがないなら裸でもかまわないと思ってしまうわたし。文明という名の恥じらいの皮を一枚ずつ剝いていったら最後に何が残るのだろう。

　その時カルメンが廊下に出て来て、立ちつくしているわたしの方に顔を向けて微笑んだ。サングラスの黒に覆われている瞳が「何もかもお見通しよ」と語っているように思えてならなかった。カルメンの視力はごく平均的なのに、ただそうでない振りをしているだけなのだ。と仮定してみる。わたしの裸体は明るすぎる廊下の照明にさらされて、醜くおののいていた。汗ばんだ肌、服に締め付けられてできた跡、骨の突き出した部分と脂肪の揺れる部分、ほくろ、傷跡。何もかもカルメンの目にははっきり見えている、という可能性がないわけではない。

「何か必要なものがあったら遠慮なく言ってね」

と言い残してカルメンは自分の部屋に戻った。わたしは裸のままバスルームに入って、滝の水でも浴びるようにいきなり冷水を頭からかぶった。さっき食べた冷凍食品の中に紛れ込んでいた邪悪の塊が解けて身体に入って化学反応を起こし始めていた。いや、わたしはこの家に入った時からすでにおかしかった。もしかしたら郊外電車に乗った時から、カルメンから電話がかかってきた時から、化学変化は始まっているのかもしれない。このままベッドに入ればうなされる。窓を開けたまま窓際にすわって徹夜で読書しようか。自殺していった作家に我が身を重ねて、うたたねしようか。タオルで身体を拭きながらそんなことを思った。眠りなどという信用できない相手に自分を預けてしまえる状態ではなかった。

「つまりこういうことですか。乳児の泣き声がうるさくて何度も目が醒めた。最初の三回はあやして寝かしつけたけれども四回目には乳児の首をしめた。ただし眠ったままで首をしめたので記憶にない。そういうことですね。」

質問者の声は冷静だった。

「そうです。」

「その時、息の根をとめれば静かになると思ったのですか。」

「眠っていたので何も覚えていません。」

「あなたは世界中の戦災孤児救済のためにボランティア活動をしている。地方支部の代表として毎日事務所で働くだけでなく、自腹を切って海外に出掛けていって支援活動をしている。それなのになぜ、我が子の命を軽視したのですか。」

「軽視したわけではありません。意識がなかったんです。」

「全くなかったと言い切れますか。」

「少しはありました。でもそれは誰かの命を奪うというのではなく、自分の一部を押しつぶして黙らせたいというような感触でした。」

「自分の一部を殺そうとしたのですか。」

「殺すという意識は全くありませんでした。上から抑えて、静かにしてもらうという感じです。そのままだと気が変になりそうだったんです。」

「気が変になるとどうなると考えたのですか。」

「頭が混乱して殺してしまうんじゃないかと。」

「では殺人を予感していたのですか。」

「そうです。だから生まなかったんです。」

　そう言った瞬間わたしはひどい頭痛にみまわれた。生まなかったということは、わたしが殺したことになっているその子は初めから存在しないのだ。危うく殺人罪をなすりつけられるところだった。存在しない子を殺した罪で。わたしはこの犯罪が起こらなくてもすむように事前にちゃんと手をまわしていた。勇気をふりしぼって近所の産婦人科にでかけていった。いつも学校帰りに産婦人科の看板を見ていたので、場所も診療時間も知っていた。中に入ると左側に受付があって、白衣の女性が微笑を浮かべて立っていた。お医者さんと直接話がしたいと申し出ると快く承知してくれた。顔の表面積が広い、信頼できそうな女医さんだった。診察室で具体的にどんな話をしたのかは全く覚えていない。まず話をして、それから診断を受け、それから、とそこまで考えてから、それがわたしの物語ではないことに気がついた。これはカルメンの母親の物語だ。生理がとまったのでこれは困ったということで産婦人科を訪れた。実は養母との言い争いが高じて家を飛び出してしまったんです。と正直に何もかもしゃべった。そして町中の若い野宿者たちといっしょに駅の構内で数か月暮らした。その中の一人と恋愛関係になり、そのうち生理がとまった。ここが話の枝の分かれ目で、生む決心をしたのが誰の物語で、妊娠中絶したのが誰の物語なのかはっきりしない。カルメンは存在するということはカルメンの母親はやっぱり生んだのだろう。倉庫に隠れてこっそり生むつもりだったのが、出産の日には痛みと不安から病院に飛び込んでしまった。出産は衛生的に完了したが、入院費が払えないし、保護者に連絡されてしまったので、新生児を抱いて病院から逃げて路上生活に戻ったが、子供の父親はすでに姿を消していた。店先のバナナを盗もうと思ったが乳児を抱いていたのでは走れない。寝る場所がなかなか見つからない。もちろん、オムツなどなく、母乳も出ないので、乳児は泣き叫ぶ。目立ってはいけないので、人のいない港の一角で泣いているとソーシャルワーカーに声をかけられた。しばらくは同じような境遇の若い母親たちのいる施設で暮らした。厳しく監視されるわけではないのに生活のリズムが自然とできていく施設の生活は気持ちを落ち着けてくれたし、荒れていた肌も元に戻ったが、自分の子だけが盲目であることがはっきりしてくるにつれて、みんなと上手くいかなくなった。外出時にバーで知り合った大学生がやさしくしてくれた。恋に逃げた。この人と結婚しようと一方的に決心し、施設を逃げ出して、三歳になった子供を港の倉庫に置き去りにしてきた。睡眠薬を入れた甘いジュースを与え、あるだけの服を着せ、毛布にくるんだ。着替えや靴を入れたバッグも側に置いた。人通りは少ないが夕方には毎日必ず船がついて、荷物の積み卸しの行われる場所だった。以前麻薬を買いに行く仲間に連れられてよく来た場所だった。養子を欲しがっている夫婦がたくさんいて順番待ちだという話を何度か耳にした。そういう夫婦は経済的に余裕があり、高等教育を受けていて、夫婦仲もとてもいいのだ、と聞いていた。我が子もそんな両親に育てられ不自由なく暮らすに違いないと思った。そして自分は大学生と同棲生活を送り、アルバイトをする傍ら、掃除洗濯炊事をこなし、このまま家庭の主婦になるつもりでいたのだが、大学生は卒業するとけろっとした顔で郷里で婚約者が待っていることを告げ、連絡先も告げずに姿を消してしまった。

自分の母親を主人公にしたそんな物語詩をカルメンは、コピーして百人の詩人たちに送りつけ、倉庫に置き去りにされた子供に聴かせたい詩を書いて自分で朗読してテープに録音して送ってほしいと一人一人に電話をかけて頼んだ。送られてきたテープを次々倉庫で流し、カルメンは毛布にくるまって床に横たわったまそれを聴く。観客はカルメンと同じように毛布にくるまって横になって聴いてもいいし、椅子にすわって聴いてもいい。もちろん、途中で来てもいいし、途中で家に帰ってしまってもいい。全部聞いていたら夜が明けてしまうだろう。カルメン自身はそんな夜明けを一度体験してみたいと思ったのかもしれない。

わたしは二十年前、一体どんなことをテープに吹き込んでカルメンに送ったのか、全く覚えていない。ところが不思議なことにわたしの声が倉庫で再生されている場面は実際にその場にいたとしか思えないほど鮮明に記憶に残っている。企画は消えてしまったのだからテープは再生されなかったはずなのに、倉庫の湿った黴臭いにおいや、煉瓦にはねかえされて冷たく響き渡る声や、テープの皺がたてるゴワゴワした雑音ははっきり身体に残っている。

「わたしには何も言う資格がないんです。子供のために自分が犠牲になれるところまで成熟しないうちに子供をつくってしまったわけですからね。でもね、だからこそこんなことが言えるのかもしれない。」そう言えば、昔ラジカセから出るわたしの声はあんな声だった。ちょっとガタガタして、色で言えば黒が混ざった、ちょっと艶のある声。語っているのはわたしだろうか。内容的にはどうも違っているような気がする。でも今いるわたしがすでに化学変化を遂げてしまった後のわたしだとすると、それ以前のわたしに違和感を覚えても不思議はない。「あなたの母親も愛情は溢れるほどあったと思うんですよ。でも、泣き叫んでいる赤子の声に耐えられなかった。無力な赤ん坊は誰もかまってくれなければ死んでしまうわけですからね。その泣き声は死の恐怖をうたっているわけです。もし赤ん坊の気持ちが完全にわかったら気がおかしくなりますよ。あなたのお母様は、赤ん坊の心のまま大人になってしまった方ですから。それと言うのもあなたのお母様が生まれた頃、若い運動家同士の間に子供が生まれることはよくあったのですが、世話をしている余裕がなかった。泣いてもあやさなかった。政治活動で忙しかったんです。それがなければ独裁政治の泥沼に突入して抜け出せなくなっていたかもしれないわけですから非難しようとは思いません。」これだけ話しかけても倉庫の床に横たわったカルメンは指一本動かそうとしなかった。「でも、もう大丈夫。わたしはもう赤ん坊に泣き叫ばれても大丈夫なんです」とわたしの声が妙に確信を持ってうねりあがった途端、カルメンの身体がふわっと持ち上がった。まるで倉庫に吹き込んできた海風が太い腕になって抱き上げたかのようだった。カルメンの身体は、ゆりかごにでも乗ったように、ゆっくりと左右に揺れ始めた。海風ではなく、わたしが抱いてあやしているのだ。こんなに力強い腕、こんなに大きな身体、こんなに踏ん張れる足を自分が持っていることにこれまで気がつかなかった。これなら、どんなに重い子供でも抱き上げてあやすことができる。その時、赤ん坊の声が聞こえた。倉庫の壁の亀裂から聞こえてくる。壁そのものが泣いている。泣きながら震えている。その震えがどんどん大きくなっていって、地震かなと思った途端、窓ガラスがはずれて半回転しながら落ちてきて、わたしのすぐ隣で床にたたきつけられ、こなごなに打ち砕かれた。あおざめた空が突き抜けて見える窓枠のあたりから煉瓦がブワブワと砂埃をあげて崩れ始め、天井がかすかに傾いた。ひょっとしたら、傾いたのは床の方だったかもしれない。わたしは全く動揺することなく、口元に微笑みさえ浮かべて、腕の中のカルメンの死体をゆっくりとあやし続けた。

# 解説

福永 信

二〇年の時を経て、伝説の彼女が戻ってきた。

長らく品切れ状態が続いていた。月並みな言い方だが、まったく古くなっていない。むしろ新しくなっている。著者はその後も着々と作品を発表し、日本での出版としては五冊目の本作はもはや初期作品に位置づけられる。代表作といえるかどうかもあやしいというのは、作者みずから以前文芸誌のアンケートで〈代表作は?〉と問われて〈いつも最新作。〉と答えているからだ。著者の様々な受賞歴からも本作は外れている。ファンであるなら別だがそうでもない限り、目に留まることは少ないかも。『聖女伝説』の単行本はAmazonの中古品では定価の三倍ほどの五八〇〇円の値を付けている(二〇一六年一月三一日現在)。

二〇年前、私は二〇代だった。『聖女伝説』の文章は何ら変わることなく今日に伝わっているが、今と昔では印象が若干異なる。ツルツルした肌をなでるように読んでいた。冒頭から、ツルツルと紙の上を視線はすべっていった。クリスマス、クリスマス、クリスマス、何度もくりかえす、その文章が、読者になったばかりの人間の目を誘惑した。やがて言葉はウグイスになって飛んでいく、それくらい、すばしっこかった。ですます調の効果もあっただろう。読むことにほとんど抵抗を感じなかった。す早く読めた。本を読むのは私はとびきり遅いほうなのだが……奇妙な世界であることはすぐにわかったが、扉はばたんと閉じられた。閉じられたが、外へ出たのか、中へ入ったのか、わからなかった。外へ出たのなら出たでここがどこなのかわからなかったし、どこかの建物の中なら中で、閉じ込められてしまったことになる。不快ではなかった。不安になったまま、目だけを使って手さぐりで、ツルツルすべっていった。ところどころで少しひっかかった。でっぱりがあったから。それはヤマのかたちをしたでこぼこで、何度か乗り越えたが、とうとう視線はつんのめってコケた。たとえばそれは、〈鶯谷め。娘をこんな目にあわせて。〉という「わたし」の父親のセリフなどである。ぜんぜん迫力がなくて、二〇年前の読者の私はがくっとズッコケてしまったのだ。自分の娘が、自分の友人の男に、コケシのようにされてしまったのに出てきたセリフというのが〈あいつに交渉してやる。〉とは、いったいどういうことだろう。頼りなさがものすごく伝わってくる。実際そのセリフは無力だった。「わたし」は陳列棚に入れられることになってしまったからだ。

二〇年を経て思うのだが、小説の読者というのは、本という言葉の「陳列棚」の中に主人公を入れて、じろじろ眺め、そこから出ないように、そうっと頁をめくってく、そんな存在だ。本の外へは出てこない、読者も本の中へは決して入り込まない。表面をなぞるだけ。それが読むことだと思っていて、だから当時、この本の内容といえば単に九歳からだんだん成長していく少女の話だと思っていたし、子供が大人に言葉で対抗する話だと思っていたし、『聖女伝説』という題名を定点に、聖書の言葉をちらつかせながら、言葉の可能性をさぐる話だと思っていた。〈一人にして九人の少女の話だ。〉などと気の利いたこと、言ったつもりで二〇年前の読者である私は、ほとんど「わたし」の父の声にソックリだったかもしれない。「悪口を言い返すのではなく、暴力をふるうのでもなく、ただ、意味の分からない文章をとっさに作り上げて、相手の脳味噌の中をかきまわしてやるのです」、このような意味のある文章が出てくればあわてて傍線を引いて安心していた。つまり、二〇年前の読者である私は、タカをくくって、たまにセリフにひっかかってコケたものの、すぐに慣れて、受け身ばかりがうまくなり、積極的でなくなり、紙の上をツルツルすべっていただけだった。

二〇年ほど前、まだ新人作家といえる著者は頁のあちこちに「中」とか「外」とか書きつけていた。「外」と書かれてなくても、出るとか、行く、とかそういう表現がうじゃうじゃある。もしかしたら著者もまた、そのとき自分の若さから、ほんとは書きたいことになかなか到達せずに、紙の上をツルツルすべっていたのかも。それでも志高く、どうすれば自分が書くことで、言葉は外へ飛び出していけるのか、どうしたら言葉の中に現実は浸透してくるのか、紙という輪郭がほどけて、文字が浮かび、「陳列棚」から解放されて、文章と時間と空間が重なり合って、セリフと現実に区別がなくなるんだろう、小説の力が、現実に届く世界を、見たい。聖書に負けない小説の言葉を見つけたい。でも、今はどうすればいいか、わからない。そんな気持ちが、まだ新人だった著者の心にあって、「中」とか「外」とかをひっかきキズのようにあちこちに散らばらせていたのかも。

二〇年、著者と同じだけ年齢を重ねた読者は、紙の上にシワが刻まれているかのように、一文字一文字ひっかかってくる。「口」とか「耳」とか、身体の部位、たとえば、「一両編成の電車を降りると自動改札の向こう側に髪の毛の乾いた三十歳前後の女性が立っていました」というのが一六六頁にあるが、若い頃は、こんなところは快速電車よろしく走り抜けていったのだけれども、多和田葉子の作品を読む経験を重ねてきたことで、電車やバス、移動しているときには注意深くあれということを学んだからか、老いてきた自分のこと、とりわけ髪のことを色々と心配する日々がそうさせたのか、「髪の毛の乾いた」という言葉に絡まってしまった。普通である状態を書くことが、異様さを帯びる。読者というのが中性的な存在でもなんでもなく、歳もとれば男でもある、そういう存在だということも、今回の再読で気付いたことだ。「わたし」が口の中の腫物をつぶしたらそれが「精液の味がしました」という文章がある。なぜ、「精液の味」を知っているのだろうか。回想形式なのだから、大人になった「わたし」が、あれは「精液の味」にそっくりだったと、思い出している、そう納得しようとしたけれども、女子児童であった「その時」、「精液の味」だとわかったと、そんなふうに読めるのも事実だし……などと、若い頃はまったく気にすることがなかったのに、いつまでもねっとりと、何度も読んでしまった。

二二年前、『聖女伝説』は著者初の連載長編小説だった。一九九四年四月刊行の『批評空間』第Ⅱ期第1号から一九九六年四月刊行の第9号に連載された（全九回）。本書三二頁の〈おまえは、この任務を逃れることはできないだろう。〉というセリフで第一回は終わっていた。以後、おおむね数行分の余白があくところが、連載ごとの切れ目に対応している。「窓から飛び降りたという感覚はありませんでした。窓から外へ出たという気持ちだったのです。ところが、」と始まる最終回は、単行本では二行分の余白がとられていた。

二〇〇頁と二〇一頁の間、ノドの部分に最終回の痕跡を見ることは可能である。「ノド」とは本を開いたとき、吸い込まれていきそうな場所のことだが、ここで本を束ねている。「ノド」があるから紙が順番に並ぶ。ここにも身体の部位がある。最終回は、連載小説の息の根を止めるものだ。連載でなくてもそれは宿命だろうが、どうすれば、終わりという事態から脱出することができるのか。ヤマカッコでくくられていたセリフが、最終回ではこれまでとまったく異なってきれいさっぱり消えている。落下しているのだから蹟くことはむずかしいということだろうか。ただ一度〈聖女〉という言葉を守るために使用されている。読者の視線の先にはコンクリートの地表が待ち受けている。最終回が掲載された号の『批評空間』は、哲学者ジル・ドゥルーズの追悼特集が組まれていた。ドゥルーズは前年に窓から飛び降り自殺をした。もっとも、連載第二回の時点ですでに「わたし」は窓の縁に押しやられ、ガキ大将から〈落ちて死ね。〉と言われている。そのとき、「わたし」の口の中から外へ「飛び出した」のはコッペパンである。落ちるイメージはほかにも最終回の伏線のように出てくるので、追悼号に合わせたのではないだろうが、それでも、ここに、一度だけ使える、「言葉の力」を感じずにはいられない。

二〇年前新人作家だった著者は、このたった一度の最初の最終回で、死に至るはずの落下の中に、生を書いた。この最終回では、著者が紙に書きつける文章のすべてが、「わたし」をなんとか延命させようと、必死になっているように思われた。それは生涯にたった一度しか書けないような言葉だ。文章が、命綱のように連携しあっていた。今の著者ならもっと別なように書くと思われた。きっと当時よりもうまく書くだろう。

それでも、と二〇年前の著者は思うだろう。それでもこの「言葉の力」を信じたい。終わることを読者から遠ざけるために、できるだけ、言葉を書き連ねること、改行をなくし、カッコを消して（改行もカッコも読むことはできないから）、文字で埋めること、その文字を読んでいる時間、その時間だけ、「わたし」の死を遅らせることができる。これを「言葉の力」と信じたい。二〇年前の著者の「力」を、読者は感じるだろう。

二〇年前、まだ小説を書いてなかった私にとって『聖女伝説』は文字通りバイブルだった。私の二冊目の小説集の題名は完全にここから来ている。連載の途中から読み始めて、バックナンバーで遡った。薄っぺらな読み方をしていたのはすでに書いた通りだ。それでも、まだ二〇代の若者にとっては精一杯、紙の上で転げまわったつもりだ。こんな世界があったんだっておなか、かかえて笑い転げた。そのことだけで驚きだったから。

何一つ文字は動いてない、本を開いて読む、読者のポーズもだいたい同じ、でも、ずっと何かが動いている。成長してさえいるように感じる、そんな多和田さんの世界に、こんな本を書いてみたいと思ったものだ。単行本になったとき、菊地信義の装幀・造本にもズッコケた。頁数をカウントする普通はあるノンブルがなく、文字は頁の上で浮いていた。まだこんなアイデアを考えることができる、見たことのない世界がここにある、まだなんでもなかった二〇代の若者はこの本に、勇気をもらったものだ。まだ生きていくことができる、そう思った（そしてぼくは最初の本を作るとき、編集者に『聖女伝説』を見せた。彼が〈菊地さん、いいじゃない。〉と言ったので、装幀・造本は『聖女伝説』と同じ菊地さんになったのだった）。

（小説家）

本書は一九九六年七月十日、太田出版より刊行された『聖女伝説』に
書きおろしの外伝「声のおとずれ」を増補し文庫化したものです。

**いい子は家で**　青木淳悟

母、兄、父、家事、間取り、はては玄関の鍵の仕組みまで、徹底的に「家」を描いた驚異の「新・家族小説」。一篇を増補して待望の文庫化。（豊﨑由美）

**こちらあみ子**　今村夏子

あみ子の純粋な行動が周囲の人々を否応なく変えていく。第26回太宰治賞、第24回三島由紀夫賞受賞作。書き下ろし「チズさん」収録。（町田康／穂村弘）

**さようなら、オレンジ**　岩城けい

オーストラリアに流れ着いた難民サリマ。言葉も不自由な彼女が、新しい生活を切り拓いてゆく。第29回太宰治賞受賞・第150回芥川賞候補作。（小野正嗣）

**沈黙博物館**　小川洋子

「形見じゃ」老婆は言った。死の完結を阻止するために形見が盗まれる。死者が残した断片をめぐるやさしくスリリングな物語。（堀江敏幸）

**虹色と幸運**　柴崎友香

珠子、かおり、夏美。三〇代になった三人が、人に会い、おしゃべりし、いろいろ思う一年間。移りゆく季節の中で、日常の細部が輝く傑作。（江南亜美子）

**君は永遠にそいつらより若い**　津村記久子

22歳処女。いや「女の童貞」と呼んでほしい――。日常の底に潜むうっすらとした悪意を独特の筆致で描く。第21回太宰治賞受賞作。（松浦理英子）

**アレグリアとは仕事はできない**　津村記久子

彼女はどうしようもない性悪だった。すぐ休み単純労働をバカにし男性社員に媚を売る。大型コピー機とミノベとの仁義なき戦い！（千野帽子）

**冠・婚・葬・祭**　中島京子

人生の節目に、起こったこと、出会ったひと、考えたこと。冠婚葬祭を切り口に、鮮やかな人生模様が描かれる。第143回直木賞作家の代表作。（瀧井朝世）

**ピスタチオ**　梨木香歩

棚（たな）がアフリカを訪れたのは本当に偶然だったのか。不思議な出来事の連鎖から、水と生命の壮大な物語「ピスタチオ」が生まれる。（管啓次郎）

**水辺にて**　梨木香歩

川のにおい、風のそよぎ、木々や生き物の息づかい。カヤックで水辺に漕ぎ出すと見えてくる世界を、物語の予感いっぱいに語るエッセイ。（酒井秀夫）

**図書館の神様**　瀬尾まいこ

赴任した高校で思いがけず文芸部顧問になってしまった清(きよ)。そこでの出会いが、その後の人生を変えてゆく。鮮やかな青春小説。（山本幸久）

**僕の明日を照らして**　瀬尾まいこ

中2の隼太に新しい父が出来た。優しい父はしかしDVする父でもあった。この家族を失いたくない！隼太の闘いと成長の日々を描く。（岩宮恵子）

**通天閣**　西加奈子

このしょーもない世の中に、救いようのない人生に、ちょっぴり暖かい灯を点す驚きと感動の物語。第24回織田作之助賞大賞受賞作。（津村記久子）

**とりつくしま**　東直子

死んだ人に「とりつくしま係」が言う。モノになってこの世に戻れますよ。妻は夫のカップに弟子は先生の扇子になった。連作短篇集。（大竹昭子）

**リテラリーゴシック・イン・ジャパン**　高原英理編

世界の残酷さと人間の暗黒面を不穏に、鮮烈に表現する「文学的ゴシック」。古典的傑作から現在第一線で活躍する作家まで、多彩な顔触れで案内する。

**ファイン／キュート 素敵かわいい作品選**　高原英理編

文学で表現される「かわいさ」は、いつだって、どこかファイン。古今の文学から、あなたを必ず「きゅん」とさせる作品を厳選したアンソロジー。

**遠い朝の本たち**　須賀敦子

一人の少女が成長する過程で出会い、愛しんだ文学作品の数々を、記憶に深く残る人びとの想い出とともに描くエッセイ。（末盛千枝子）

**蘆屋家の崩壊**　津原泰水

幻想怪奇譚×ミステリ×ユーモアで人気のシリーズ、新作を加えて再文庫化。猿渡と怪奇小説家の伯爵、二人の行く手には怪異が――。（川崎賢子）

**ピカルディの薔薇**　津原泰水

人気シリーズ第二弾、初の文庫化。作家となった猿渡は今日も怪異に遭遇する。五感を失った人形師、過去へと誘うウクレレの音色――。（土屋敦）

**猫ノ眼時計**　津原泰水

人気シリーズ完結篇。「豆腐」で結ばれた二人、猿渡と伯爵の珍道中は続く。火を発する女、カメラに写らない友、運命を知らせる猫。（田中啓文）

ちくま文庫

# 聖女伝説《せいじょでんせつ》

二〇一六年三月 十 日 第一刷発行
二〇二〇年六月二十五日 第二刷発行

著 者 多和田葉子（たわだ・ようこ）
発行者 喜入冬子
発行所 株式会社 筑摩書房
東京都台東区蔵前二―五―三 〒一一一―八七五五
電話番号 〇三―五六八七―二六〇一（代表）
装幀者 安野光雅
印刷所 明和印刷株式会社
製本所 株式会社積信堂


ISBN978-4-480-43344-2 C0193